シンデレラの婚前契約

スーザン・スティーヴンス 作

遠藤靖子 訳

ハーレクイン・ロマンス

東京・ロンドン・トロント・パリ・ニューヨーク・アムステルダム
ハンブルク・ストックホルム・ミラノ・シドニー・マドリッド・ワルシャワ
ブダペスト・リオデジャネイロ・ルクセンブルク・フリブール・ムンバイ

AT THE BRAZILIAN'S COMMAND

by Susan Stephens

Published by Harlequin Japan, a Division of K.K. HarperCollins Japan, 2015

スーザン・スティーヴンス

オペラ歌手として活躍していた経歴を持つ。夫とは出会って5日で婚約し、3カ月後には結婚したという。現在はイギリスのチェシャーで3人の子供とたくさんの動物に囲まれて暮らしている。昔からロマンス小説が大好きだった彼女は、自分の人生を“果てしないロマンティックな冒険”と称している。

主要登場人物

ダニー・キャメロン……………馬の調教師。
リジー・フェルナンデス………ダニーの親友。
チコ・フェルナンデス…………リジーの夫。牧場主。ポロ選手。
ティアゴ・サントス……………チコの友人。牧場主。ポロ選手。
エレナ……………………………ティアゴの屋敷の家政婦。
アニー……………………………リジーの屋敷の家政婦。
ヘイミッシュ……………………アニーの夫。

プロローグ

ティアゴ・サントスの祖父の遺言状はみんなを驚かせた。だが、ティアゴだけは平然としていた。単純なことだ。遺産を相続するためには、結婚しなくてはならない。もし定められた期間内に結婚しなければ、愛するブラジルの大牧場は、彼が築きあげ、世界でも有数の規模を誇るサントス牧場は、馬の頭と尻尾がどっちかもわからないような素人ばかりの管財人たちに引き渡されることになる。

スコットランドに住む親友チコの結婚式に出席するため、はるばるブラジルから自家用機を操縦してきたティアゴは、着陸準備をしながら祖父に思いをはせた。祖父は誇大妄想に取りつかれ、自分で自分を苦しめていたに違いない。その祖父のせいで僕は自由を手放し、結婚しなければならない。

「サントスの名を絶やしてはならない」祖父は死の床で孫に言った。「ティアゴ、おまえは妻を迎えるんだ。跡継ぎを作らねば、一族が絶えてしまう」

「結婚しても、運悪く子供に恵まれなかったら？」

「そのときは養子を取ればいい」祖父は子供の問題などやすやすと解決できると言わんばかりだった。

「もしおまえが願いを拒むなら、これまで汗水垂らして立て直してきたものをすべて失うことになる」

「代々サントス牧場で働いてきた使用人やその家族の生活は？　お祖父《じい》ちゃんはあの人たちの生活もめちゃめちゃにするのか？」

「そんな悲しげな顔をしてみせても無駄だ、ティアゴ。私が死後のことまでくよよく考えると思うか？　おい、そんな目で私を見るな」祖父が言い返した。

「私が人への思いやりからこの土地を自分のものにしたとでも思っているのか？　だいたい、おまえにとってこれのどこがむずかしい？　おまえは毎週取っ替え引っ替え、いろんな女と一緒に過ごしているじゃないか。その中から一人選べばいいだけだ。馬を飼育し、子供を産ませるのがおまえの仕事だ。同じように、女を飼いならし、サントスの名前を継ぐ子供を産ませればいい。でないと、どんなことになるかわかっているだろう。その女とはずっと暮らす必要はない。子供さえ手元に置ければいいんだ」

死の床にある者と言い争うことはできない。ティアゴがそれ以上何も言わなかったのは、そのせいだった。とにかく、彼はどんな犠牲を払ってでも牧場を救わなければならないのだった。

1

拳が不意に飛んできて顔面をとらえた。ダニーは衝撃で目がくらみ、干し草の上に倒れこんだ。必死に意識を失うまいとして、頭の中が真っ白になりながらも、やみくもに相手に立ち向かっていった。容赦のない手で両手をつかまれ、動かないように頭上に押さえつけられたかと思うと、息つく間もなく、相手の腿が獰猛《どうもう》な力で脚の間に割りこんでくる。恐怖に喉がつまり、痛みがナイフのように体を貫く。男にのしかかられている。真っ暗な厩舎《きゅうしゃ》の馬房には、男とダニーだけ。あとは馬しかいない。結婚披露宴で演奏しているバンドの音があまりにも大きくて、叫んだところで誰の耳にも届かないだろう。

でも、男のされるがままにはならない。とにかく抵抗しなければ。ダニーは覚悟を決めた。

恐れと怒りが力を与えてくれる。だが、それだけではあらがえない。今、男は全身の重みをダニーにかけると、自分の服の前をはだけながら低くうめき声をあげ、次なる展開に期待して荒い息をついている。

ダニーは頭を左右に振り、どんなものでもいいから男を殴れるものはないかとさがした。片手だけでも自由になれればいいのに——。

体の下で必死にもがくダニーを、男が笑った。

この笑い声は知っている。カルロス・ピントス！あっという間の出来事で、抵抗するのに必死になっていなければ、こんなことをするのは残忍な元夫しかいないとわかったはずだ。ピントスはスコットランドの田舎の村に私がいるのを突きとめ、あとを追ってきたに違いない。彼から逃げ去った私を罰するためなら、どこにでもやってくるのだろうか？

ダニーは必死の思いで故郷のスコットランドへ帰ってきたのだった。元の夫から逃れて。でも、それももう終わり。残虐な男からいったんは逃げ出したけれど、もう言いなりにはならない。もうたくさん。

憎しみと恐れがダニーの中でぶつかり合い、とてつもなく激しい怒りとなって、新たな力が体の内にわき起こった。彼女は膝で脚の間を一撃しようと狙ったが、ピントスも敏捷《びんしょう》だった。彼は手の甲でダニーの顔をたたき、笑い声をあげた。

痛みのショックから立ち直った彼女に、ピントスは両腕をついて体を支え、腰を突きあげてくる。

「昔も退屈だったが、今も相変わらずだな」恐怖に満ちたうめき声がダニーの喉から絞り出され、ピントスは嘲った。「本当は欲しいくせに。素直に認めたらどうだ？」愉快そうに言い、ダニーの顔に舌を這《は》わせる。ダニーは吐き気がした。

ポロ競技の大物カルロス・ピントスが、狂暴な弱い者いじめ好きだと悟るのに、長くはかからなかった。ほんのしばらく付き合えば、わかることだった。ピントスは人前では魅力的で、その魔力のとりこになってしまったのが悔やまれる。今回も彼はいつもの愛想のよさを振りまいて、結婚式の警備をくぐり抜けてきたに違いない。

嫌悪の声をあげながら、ダニーは顔をそむけてピントスの舌から逃れようとした。逃げるチャンスは一度きりとわかっていた。体重では圧倒的にダニーにまさるピントスは、彼女を辱めることに気を取られていて油断している。ダニーは残された力を振り絞っていきなり体を起こし、彼の顔めがけて頭をぶつけた。ピントスは苦痛の声をあげて鼻を押さえ、体を後ろにそらした。指の間から血が噴き出している。その隙に彼女はなんとかピントスから逃れ、用心深く彼をうかがいながら馬房を横切ろうとした。

しかし、高く積まれた藁《わら》がじゃまをして、思うように動けない。やっとの思いで壁際に吊《つ》られた干し草ネットをつかんで体を引きあげ、ドアの閂《かんぬき》をたたいて開けた。そして頭を低くして、やみくもに前へ進んだ。足は重く、ゼリーのように力が入らない。それでも厩舎の出口をめざしてよろよろと進んだ。出口がこんなに遠くに見えたことはなかった。

ティアゴはウエディングパーティからこっそり抜け出し、ハイランド地方にある広大な牧場の中を、さっそうとした足取りで歩いていた。ちょっとした小国ほどもあるブラジルの大牧場の跡継ぎとして、よその牧場に来るとプロとしてあちこち見て回る習慣が体に染みついている。公の顔は国際的なポロ選手で、プレイヤーとしては今が絶頂期だ。だが、心は常にブラジルの大平原にある。彼はそこで自ら馬の繁殖を手がけていた。そこでは男はその名にふさわしい働きをし、女は作り笑いなどしない。メディアはティアゴをプレイボーイと呼ぶが、彼がこよなく愛しているのは大自然だった。

屋敷の横を回って厩舎へ行こうと、ティアゴは足を速めた。この土地の跡継ぎとの結婚は、すでにブラジルに自分の牧場を持っているとはいえ、チコにとってはいいことだ。彼は自分の中のブラジル的な感覚を経営に生かすだろうから、ここはさらに栄えるだろう。この結婚はいいことずくめだ。チコはここでも、世界で最も高価なポロ競技用のポニーを飼育するつもりだと言っている。

ティアゴとチコはしばしば互いのビジネスをヨーロッパ市場に拡大することを話し合っていた。ティアゴの見るところ、この土地は春に子馬を育てるにはぴったりの場所だった。

自分には〝子育て〟などまだありえないがと、ティアゴはまるで他人事のように考えた。祖父の要求に応じて妻を見つける計画は、まだ思案中だ。今の彼は、身を固めるには、あまりにも自由な立場が気に入っている。マスコミはティアゴの率いるサンダーボルトという名のポロチームを、大暴れする野蛮人の一団とみなしていた。彼はそれを試合で大暴れする意味だと理解していたが――世間は片手にシャンパンを持って美女を腕に抱く、彼の派手な私生活と結びつけたがっているようだった。

厩舎へ近づくにつれ、ティアゴは気分がほぐれていった。ダンスをしながら軽いおしゃべりをするのもいいが、馬に話しかけるのも同じくらい楽しい。

馬房が並ぶ一画へと通じる厩舎のドアが猛烈な勢いで押し開かれたとき、彼は中庭を半分ほど来たところだった。ひだ飾りのスカート姿の小柄な女性がドアからころがり出てきた。

「いったいどうしたんだ？」

手を貸そうと進み出たティアゴにしとやかに応え

るかと思いきや、口汚く彼をののしり、襟をつかんで押しやろうとする。だが、それもうまくいかないとわかると、怒りをこめてにらみつけてきた。

「ダニーなのか？」

やはりそうだ。花嫁の親友だ。結婚式では親友の付添人を務めていた。最初に会ったのはブラジルで、彼女は今日の結婚式の主役であるリジーと一緒に、生徒には厳しいことで有名なチコのもとで馬の調教師の研修を受けていた。

「ここで何があった？」ダニーがいつまでも自分をにらみつけているので、ティアゴは問いただした。

彼女は一キロも走りつづけてきたかのように息を切らしている。そこで彼女の顔にひどい痣《あざ》があるのに気づいた。「なんてことだ《デウス》、ダニー！」

ティアゴはダニーのそばを通り過ぎ、暗い厩舎の中をのぞきこんだ。何も異常はなさそうに思えて、彼女に視線を戻した。

「ティアゴだよ、ブラジルで会っただろう。僕がわからないのか？　君はもう安全だ」

彼の最後の言葉を聞き、弱っているはずのダニーの目が強い光を放った。

「あなたといれば安全なの？」彼女は冷たく笑った。

そう言われるのも当然だ。マスコミの書きたてる記事を信じているのなら、とっくにこの場から一目散に逃げ出していても不思議はない。

だが、彼女は逃げなかった。必要なら戦うつもりでとどまっているのだろう。そういえば、彼女のガッツはたいしたもので、研修中にポロの試合で僕とボールを争うはめになっても、ぜったいにひるまなかった。だが、ここでいったい何があったのだろう？

「こんなところで何をしているんだ？」それに警備員はどこにいる？　ティアゴはあたりを見回した。

「あなたには関係ないでしょう？」そう言い返しな

がら、ダニーは頬の赤い痣に触れた。

「少し黙ったらどうだ……その痣も誰かに手当てをしてもらわないと」

そのときダニーが悲鳴をあげた。「危ない！」強い力で彼女に押され、ティアゴは自分の後ろにそびえたつ人影に気づいた。彼女をかばい、襲ってきた男にカウンターを浴びせると、男は完全に伸びた。

カルロス・ピントス！

大嫌いな男だった。このピントスのせいでポロ競技全体の評判が落ちてしまった。競技中に卑劣なまねをするだけでなく、私生活でも人を欺くのに長《た》けている。ダニーの元夫であるこの男は、彼女をさんざん痛めつけていた。ティアゴの記憶がよみがえってきた。逃げられないように、足元に横たわる動かない男の体をブーツの先でしっかりと踏みつけたまま、ティアゴはチコに携帯電話で連絡した。短い言葉を交わしたあと、ダニーを振り返った。

「やめて」彼女は身を守るように両手を上げた。

ダニーがブラジルで研修を受けている間、二人は頻繁に顔を合わせ、しょっちゅう軽口をたたき合っていた。ティアゴはダニーをからかい、ダニーはときどき彼に気があるようなそぶりを見せたが、それ以上の関係にはならなかった。

「ありがとうと言ってくれるだけでいい」ティアゴは穏やかに言った。「君に触れる気はまったくないから」

彼は言いながらダニーの傷の具合を見定めていた。見たところ、軽いようだ。これ以上騒ぎたてる必要はない。だが、警察には暴行の事実を通報しなければ。ピントスが無事とらえられ、勾留されたことを確かめるまで、この場を去るつもりはなかった。

「ありがとう」ダニーが顔をしかめ、まつげの間から彼を見あげて言った。

ティアゴはジャケットを直し、髪を撫《な》でつけながらそっけなく尋ねた。「あいつは君に触れたのか?」

「なんのこと?」

「痣ができるくらいだから、何かあったのははっきりしている。僕がきいているのがどういうことか、わかるだろう?」

ダニーがしかめっ面をして首を横に振った。「あなたが想像しているようなことは起こらなかった。男ってみんな同じことを考えるのね」

彼女は動転しているのだろうが、ティアゴはそんなことを言われて平気ではいられなかった。「ピントスみたいなやつと一緒にしないでくれ。それに君は、なぜあんなところに一人でいたのか、まだ説明してくれていない」

「厩舎に来たのは、馬のようすを見るためよ」ダニーがしぶしぶ説明した。

そんなことが信じられるわけがない。馬の世話をするスタッフはほかにいるし、いくら仕事熱心でも、今日のような日に馬を見に来たりするはずがない。

「ここに私の人生のすべてがあるのよ」ダニーがつぶやくように言った。「こんなこと、今まで一度もなかった。ここはいつも安全な場所だったはずなのに。どうしても知りたいのなら言うけど……」ティアゴにさっと視線を投げる。「私、一人になりたかったの。パーティの騒ぎから離れて、これからのことを考えたかったのよ」

「君が静かな時間を求めた気持ちはわかる。だが、時はめぐっていくんだ、ダニー」

「わかっている」ダニーの声には後悔がにじんでいた。「すべては変わっていく。でも、私は相変わらずここにいる」

おそらく、親友のリジーを失ったようで寂しいのだろう。それに、ブラジルでの研修を生かして立派なキャリアを築くというわけにはいかなかったに違いない。

「キャリアを確立するには時間がかかる。とくに、馬の調教については」

「そして、莫大《ばくだい》なお金もかかる。私が学んだことが一つでもあるとしたら、それは、人生では望むものすべてを手に入れることができないってことよ」

「君は間違っている。僕を見てごらん」

その自信満々の言葉を聞き、ダニーがほほえんだ。だが、ティアゴは確信していた。キャリアを築くために必要な第一歩は、自信を持つことだと。

「君も僕みたいになれる」ダニーが反論しようと口を開くのを制して、彼は続けた。「もちろん、僕はいいときに、いい場所にいた。それは認める。ただ、焼けつくような太陽の下で、君が今やっているように長時間働き、ようやくここまで来た。将来、必ず成功すると信じてね。君も僕と同じ道を歩んでいるはずだ。だから、がんばれ。後ろを向くな」

ティアゴに我慢できないものがあるとすれば、それは暴力だった。そのうえ、ピントスはダニーから活気や自信を奪った。ティアゴはそんな彼を憎むと同時に、なんとかダニーを力づけたかった。

女性に対してこんな思いを抱くのは初めてだった。今まで真剣に向き合う必要などまったくなかったからだ。しかし、こんなひどい目にあったダニーを前にしては、あとに引けなかった。

「ブラジルのチコの牧場で最初に会ったとき、僕の記憶に間違いがなければ、君は自分で馬の調教施設を設立したいと言っていただろう？」

「そのとおりよ」ダニーはうなずいたが、すぐに首を横に振った。「昔は理想ばかり追いかけていた。目の前にたくさん落とし穴が待ち受けているなんて、思ってもみなかった」

「じゃあ、僕は順調だったと思っているのか？」

顔を近づけると、ダニーはうっとりするほどいい香りがした。

「僕は一生懸命働いてきたし、夢を捨てなかった。ダニー、君もぜったいに夢をあきらめてはだめだ」

ダニーの視線がピントスに落ちた。

「こいつを見るな。僕を見ろ」

彼女がその言葉に従ったので、ティアゴはほっとした。

「君は強い女だ。今夜のこともきっと乗り越えられる」彼は床に伸びている卑劣な男をちらりと見た。「こいつは二度と君にちょっかいを出さない。僕が保証する」

「私はもう大丈夫。ほんとよ」ダニーはほほえんだが、その笑みは心からのものではなかった。

哀れんでもらいたくないのだと、ティアゴにはわかっていた。彼女は同情を引こうとして騒ぎたてたりはしない。ブラジルで男に交じって働いていたときも、気にかけているのは馬のことと親友のリジーのことだけだった。そして、周囲の人々をいつも元気づけていた。

ティアゴはピントスを嫌悪の目で見た。ダニーを自分のものにすることで頭がいっぱいだったのか、ズボンのファスナーを上げることすら忘れている。

「警備員が来るまで、君のそばにいる」まだピントスを怖がっている彼女を安心させなければ。「まず警備員にピントスを引き渡す。それから君を屋敷まで送っていく」

「そんなことをしてくれなくてもいいのに」ダニーは言い張ったが、その言葉とは裏腹に、自らを守るかのようにしっかりと腕を体に回した。

「いや、だめだ」ティアゴはきっぱりと言った。「今夜はぜったいに誰かと一緒にいるべきだ。それに、ほかに怪我《けが》はないか診てもらわないと」

「こんな騒ぎを起こしてしまって、我ながらあきれてしまうわ」ダニーが思い出してかぶりを振った。

「ダニー、これは君が起こしたことじゃない。君にまったく落ち度はない」

ダニーは同意を求めるように彼を見た。「天の啓示かもしれないわ。ここでの私の仕事は終わったということ」

「だったら、ここを去ればいい」ティアゴは肩をすくめた。「だが、気が動転しているうちに、あわてて決断しないことだ」

「それに、私は逃げられないの」ダニーは自分に言い聞かせるように低い声で言った。「カルロスからも、ほかのことからも」

「逃げる必要がどこにある？」ティアゴは言い返した。「何かを変えることが逃げることになるとは限らない。とにかく、人生を一変させるような決断を下す前に、じっくり考えることだ。そして、これからは、暗い中を一人で出歩くのはやめるんだ」

「なぜだめなの？」ダニーの目が急に強い光を帯びた。「あなたがそばにいてくれないから？」

「そのとおりだ。僕はその場にいないだろうから」

ダニーの気持ちは激しく揺れていた。もちろん、厩舎での事件のせいもあるけれど、自分がティアゴ・サントスの隣に立っていることが信じられなかった。ブラジルにいたころ、ダニーは狂おしいほどティアゴに惹《ひ》かれていた。そして今でも、二人の間には特別な絆《きずな》があると信じていた。だが、そう信じること自体、男を見る目がないという証拠だ。彼は悪名高いプレイボーイなのだから。ただ、今夜、彼は私の人生について重要な助言をくれた。私を気遣う気持ちに嘘《うそ》はないように思えてくる。

「警備員が来た」男性が二人走ってくるのを見て、ティアゴが言った。「警察に通報したらすぐ屋敷に戻ろう」

「付き添い《シャペロン》はいらないわ」ダニーは頑固に言い張った。

「いいだろう。だが、僕は君に雇われているわけじゃない」

「パーティに戻ったら?」フライパンから燃え盛る火の中に飛びこむようなまねをするつもりはない。

「こんなところに引きとめては、申し訳ないわ」

「それなら一緒にパーティに戻ろう。君が安全だとわかっていないと、僕は落ち着けない」

「ここから屋敷の正面玄関までの間に、どのくらい危険があると思うの?」

ティアゴはただダニーをじっと見つめただけだが、引きさがる気がないのは明らかだった。それに、実を言えば、ティアゴがそばにいてくれるほうが安心だった。でも、女学生みたいに彼にのぼせあがっている気持ちを整理しなくては。

「引き渡しはすぐに終わるから」ティアゴが気遣わしげにダニーを見て言った。

この声には聞き覚えがあると思いながら、ダニーは彼に微笑を返した。そう、ハスキーで独特のアクセントがあり、相手の気持ちをなごませる。ブラジルでポニーをなだめるとき、彼はこんな声を出していた。

「君はパーティに戻らなくてもいい。僕がうまく言っておくよ」

「いいえ、そんなことはしないで」

ティアゴは眉を上げただけだった。黒い瞳は相手の目を射抜くように鋭い。あまりにもハンサムだから、その容貌に無関心なふりを続けるのはむずかしい。そして彼は、以前から容易にダニーの心を読み取ることができた。

ブラジルでダニーが挑戦したプログラムはむずかしいものだった。ティアゴはすでにポロの名選手で、世界的に有名になっていた。彼が訓練中の自分のようすを見に来るたび、ダニーはいつもよりいいところを見せようとはりきった。今も、プライドが彼女をしゃんとさせていた。

しかし、時間が刻々と過ぎていくにつれ、避難所である自分の部屋が恋しくなってきた。衣類を全部脱ぎ捨ててシャワーの下に立ち、体じゅうを隅々まで洗って今夜の記憶を消し去りたい。思うのはそれだけだった。

警備員に指示を与えているティアゴは、ふだんの彼とはまったく違って見えた。運命の女神はこの光景を見て滑稽だと思うだろうか? 国の内外でプレイボーイとして知られるティアゴ・サントスが、実は思いやりのある紳士だったなんて。マスコミが書きたてている人物像とはまるで違う。

「どこへ行くんだ?」屋敷へ向かって歩きだすダニーを、ティアゴが呼びとめた。

「もう警察に事情を話したし、ピントスは連行されたわ——」

「僕が君を連れていくと言っただろう」彼女に追いつきながらティアゴが言った。「まっすぐ部屋に行くんだ。僕がリジーに何があったか話すから」

「いいえ、話さないで。リジーは今夜、じゅうぶん気をもんだはずだもの。私がいなくなったのに気づいていたに違いないし、パトカーのライトも見たでしょう。彼女のすばらしい日をだいなしにしたくないわ」ダニーは必死だった。「もめごとはもう片づいたって彼女に言って。私はちょっと馬のようすを見に行って、つい時間のたつのを忘れてしまっただけだって。すぐにパーティ会場に戻ると伝えて」

「まあ、できるだけやってみる」ティアゴが請け合った。「だが、リジーに嘘はつけない」ダニーがにらんでも、彼はあとに引かず、かすかに笑みを浮かべて続けた。「秘密を守るのは無理だろうな」

「なぜ無理なの?」

「だって、君は今夜、ぜったいに美人コンテストでは優勝できないはずだから」

ダニーは自分の顔に手を触れ、絶望の声をあげた。

しまった、顔の傷のことを忘れていたわ。

「痣につける薬はあるかい？」ティアゴが心配そうに尋ねた。

「屋敷に戻れば何かあるはずよ」

「やっぱり医者を呼ぶべきじゃないか？」

「夜のこんな時間に来てくれる医者なんていないわ。お心遣いには感謝するけど、これは単なる痣よ。そのうち消えるわ」

「いつも強気でいる必要はないんだよ」ティアゴが言い返した。

「そのこととあなたと、どんな関係があるの？」涙をこらえ、弱い自分を憎みながら、ダニーは一歩も引かなかった。「でも、あなたには感謝しないとね」遅まきながら礼儀を思い出して言った。とにかく、ティアゴは今夜、私の救世主となってくれたのだから。


ティアゴが肩をすくめて受け流した。「勲章なんかいらない。そんなものは僕のスーツに穴をあけてしまうだけだ」

いつもそう。ティアゴは私を笑わせてくれる。白馬に乗った騎士のように輝く鎧《よろい》に身を包みながら、その下にはプレイボーイが隠れている。彼はやはりあの悪名高いティアゴ・サントスなのだから。

2

家政婦のアニーがロッティングディーン・ハウスの正面玄関で二人を待っていた。

まずダニーを屋敷の中に迎え入れ、それからティアゴに〝チコに聞いたわ〟と声を落として告げた。彼が黙ってうなずくのをダニーは見ていた。

「ちょっと待ってくれ」去っていくダニーに、ティアゴが呼びかけた。「僕の名刺を渡しておこう。何か困ったことがあったら……」

ダニーは名刺を受け取り、よく見てから顔を上げた。「困ることなんてないと思うけど。とにかく、もう一度お礼を言わせて。今夜は、ありがとう」

ティアゴは歯を食いしばった。これまで女性に申し出を拒まれたことなど、なかったのかもしれない。彼がパーティ会場へと去っていくのを見送りながら、ダニーは思った。

それからシャワーの下で体をごしごしこすり、自分を清めてくれるかのように降りそそぐ温かい湯を顔に浴びながら、安堵《あんど》の息をついた。

カルロス・ピントスが再び姿を現すような恐ろしいことは、もうないかもしれない。ありがたいことに、彼は長期間、刑務所に入るはずだ。警察によれば、複数の女性をつけ回して襲った罪で手配されていたらしいから。

だから、当面の悩みはティアゴ・サントスだけだった。いったい、いつになったら彼のことを考えないでいられるようになるだろう？　さっきのように彼が近くにいると、ほかのことがまったく考えられなくなってしまう。

そんなことではだめ。キャリアを確立するためには、男性のことなど考えている場合ではない。なのに、何をぐずぐずしているのだろう？　ブラジルのチコの牧場にあるポニーの調教施設で研修を受け、立派な修了証書を手にしたし、これまでずっと馬とともに生きてきて経験は豊富だ。今こそ自分の能力をキャリアに役立てなくては。自分の調教施設を持つ日のために、計画を立てなくてはならない。

ダニーはシャワーの温度を氷のように冷たくした。こうすれば少しは頭も冷えるかもしれない。自分の事業を立ちあげるには、数十万ポンドもの資金が足りない。そして、その資金を調達できる見込みは、今のところほとんどない。

「ダニー？」アニーがドアの外から呼びかけた。

「なあに？」

「会いたいって人が来てるわよ、雛鶏《ヘン》さん」

親しみを込めたスコットランド特有の言い回しで呼びかけられ、ダニーはほほえんだ。「ちょっと待って。今タオルを巻くから」

リジーが来たんだわ。気分を変えて、楽しい話題をさがさなければ。今日の主役は彼女なのだから。

「あなたが誰にも会いたくないなら、そう彼に言ってもいいんだけど、どうする？」

彼ですって？

「彼、あなたのことをとても心配しているわ……」しばらく待ってからアニーが続けた。「顔だけでも見せてあげたらどう？　安心するでしょうから」

心臓が早鐘を打ち、そのうえ体が震えだした。厩舎《きゅうしゃ》で何があったか知っているのはただ一人。そして、私はたった今、彼を自分の人生から切り離そうと心に誓ったばかりなのに。

「下ろしたてのドレスを持ってきたわ。ベッドの上に置いておきましょうか？」アニーがまた心配そうに呼びかけた。「ダニー、大丈夫？」

「ええ、大丈夫」ダニーは表情を引きしめた。「すぐ行くわ……少し待ってと彼に伝えてくれない？」

「わかったわ、ヘン」

沈黙が広がった。ダニーは立ったまま体から水を垂らしながら、ドアの外のようすをうかがった。ティアゴはすぐそこにいるの？　それとも、階下《した》で待っているのだろうか？　彼に言わなければ。あなたに感謝はしているけれど助けはいらない、と。

ダニーはタオルをきつく体に巻き、奥歯を噛《か》みしめた。

ティアゴはダニーに待たされていた。これまで女性に待たされたことなど一度もないのに。だが、彼女は今夜のことでショックを受けているのだからしかたがない。それに僕は、理解ある友人の役を演じることになっている。少なくとも花嫁にそう頼まれた。チコからすでに何があったか聞いていたリジーは、心配でたまらないようすだった。

「ダニーにやさしくしてあげて、ティアゴ」

いったい何を考えているんだ？　僕がダニーを手荒に扱うとでも？　ティアゴは内心思ったが、とりあえずはほほえんで花嫁を安心させた。「もちろん、そうするよ」

ダニーはベッドの上のドレスを見てうろたえた。真紅のシルクのドレスは体の線を強調するようにダーツが入り、いやでも人目を引く。結婚披露宴に出て、ダンスをして、楽しむのにぴったりのドレスだ。リジーは私のことを考えてこのドレスを選んでくれたに違いない。

どうしよう？　ティアゴがドアの外で待っている。リジーも階下で待っている。ティアゴに意気地なしと思われたくないし、リジーを心配させたくない。

ダニーはドレスを着て髪をほどき、リジーの銀色のサンダルをはくと、鏡を見てため息をついた。痣《あざ》はそんなにひどくは見えないけれど、化粧をしても完全に隠すことはできなかった。ただ、階下の照明はムードを出すために暗くしてある。誰もこの痣に気づきませんようにと、ダニーは祈った。今夜をなんとしてもうまく乗り切ってみせる!

ティアゴはダニーが部屋の中で動き回る物音を聞いていた。なぜ彼女はドアを開けないんだ? よほど中に入っていこうかとも思ったが、今夜だけは紳士でいなければならないと思い直した。

「すぐに支度するわ」ダニーが陽気に呼びかけた。まるで今夜を、友人たちと会うガーデンパーティ程度にしか考えていないような声だった。「待たせてごめんなさい」

まったくだ。ティアゴは心の中でつぶやいた。

そこでダニーがドアを大きく開け放った。ティアゴは言葉を失った。彼女の変身ぶりがあまりに強烈で、一瞬、どう反応していいかわからなかった。ダニーが乗馬用のズボンとシャツで馬にまたがっているところはいやというほど見てきた。花嫁付添人のおしゃれなドレスを着て、つつましく取りすましているところも見た。そのあと、泥にまみれて顔に痣を作った姿も見た。だが、このドレスときたら、あまりにもぴったりで、短すぎて、あからさまで……。

「まさかそんなドレスを着て、パーティに出ようなんて考えていないだろうな?」

言うまいと思っていたのに、言葉が口をついて出てしまう。自分がふだん人前で腕に抱く女性たちにはこういうドレスを期待するくせに、皮肉にも、ダニーが着るとなると、なぜか反対したくなる。

「もちろん、私はこのドレスを着て階下に下りていくわ」ダニーが冷たい視線を向けた。「バスローブ姿以外着るものがないんですもの。もしバスローブ姿でパーティに出たら、ひと晩じゅう部屋にこもっているより、もっとリジーを困らせることになるわ」

確かに、もう一つの選択肢はさらに悪い。ティアゴはにやりとした。

「私をエスコートしたくないなら――」

「これを持ってきた」彼はダニーをさえぎった。

「なあに？」ダニーはティアゴが手に握っているチューブに目をとめて尋ねた。

「馬が痣を作ったとき、いつもこれを塗ってやるんだ。とにかくよく効く」

ダニーはかすかに顎を上げ、真意を推しはかるようにティアゴを見つめた。「ひどい臭いがするんじゃない？」

チューブを取って鼻に近づけるダニーのようすを見て、ティアゴは笑いを噛み殺した。「そこまでは考えなかった」

「塗るべきかしら？」ダニーはかすかにほほえんだ。

「この痣でほかのゲストを驚かせたら悪いもの」

ティアゴは眉を上げ、自然に浮かんできた笑みを抑えようとした。砂時計の形を思わせる、めりはりのきいた女らしい体、腰まで届きそうな長さのつややかな髪。銀色のハイヒールのサンダルからは、ピンクのマニキュアをほどこしたかわいい貝殻のような爪がのぞいている。それに、ダニーの不屈の精神はたいしたものだ。彼女にこんな強さがあるとは思わなかった。

「ありがとう、ティアゴ」ダニーがきっぱりと言った。「心から感謝しているわ」そして、つかの間、ティアゴの目をまっすぐに見つめた。

その短い間に、ティアゴの下腹部はこわばった。

「本当にもう大丈夫なのか？」尋ねながらも、彼は自分を戒めた。ダニーに欲望を抱くなんて間違っている。

「大丈夫になってるはずよ、パーティに戻ったときには」ダニーは馬用のクリームをテーブルに置いた。

「今晩、これをつけるわ。誰も臭いを嗅ぐ心配がないときに」

ダニーが今夜一人で過ごすと知り、ティアゴはわけもなくうれしくなった。「行こうか？」彼は腕を差し出した。

「ええ、行きましょう」ダニーは言ったが、ティアゴの腕は取らず、先に立って歩きだした。

ダニーはティアゴの視線を背中に感じながら階段を下りた。本当は彼がそばにいるだけで動揺していた。だが、そんな気持ちを彼に悟られたくなかった。

ティアゴは誰もが手の届かないような成功を収めた人だ。これまで天使のようにふるまってきたのなら、とても今のような富は手にできなかっただろう。でも見たところ、まるで人生は楽しく謳歌《おうか》するためのものと言わんばかりにくつろいでいる。もっとも、天使のように汚れなく見えるのは彼の責任ではないけれど。

ブラジルにあるチコの牧場で訓練を受けている間、ダニーは温かく活気にあふれたブラジル人をこよなく愛するようになっていた。ティアゴもその例外ではなく、人並みはずれて親切で、いつもエネルギッシュだった。けれど世間では、彼は一匹狼《おおかみ》で危険な男と噂《うわさ》されていた。

階下に下り、パーティ会場のざわめきとにぎわいに包まれて、ダニーはほっとした。すぐにメインテーブルにいるリジーのほうへ向かう。

「ああ、とてもすてきよ！」リジーが立ちあがって、大きく声をあげた。「そのドレスを選んでよかった。ほんとにあなたにぴったりよ。もう大丈夫なの？」最後のほうは小声になり、それからダニーの顔の痣に気づいた。「ああ、ダニー、その顔！　なんてこと！」

「少しは美人になった？」ダニーはそっと頬に触れ

た。

「ふざけてる場合じゃないでしょう」リジーは調子を合わせてこなかった。「ピントスの人でなし！　刑務所に入れられることになってよかったわ」

「あの男の話はやめましょう、あなたのせっかくの日をだいなしにしたくないわ」ダニーはリジーの肩に腕を回したが、親友の怒りは収まりそうにない。

「ティアゴが居合わせてあなたを助けてくれて、ほんとによかった」リジーはティアゴをさがしてあたりを見回した。「みんなが言うほど、彼って悪い人じゃないみたいね」

「ううん、けっこう悪《ワル》よ、頭のてっぺんから足の先まで」花婿と話しているティアゴを見ながら、ダニーは言った。

「ピントスはどうやってここにもぐりこんだのかしら？」リジーが不安げにつぶやいた。「彼の名前はもちろん招待客のリストにはないわ。チコが言っていたの。彼はイギリスのどこかでポロの試合に出たあと、何か口実を作って、あなたにいやがらせをしにスコットランドまで来たに違いないって。まったく、警備員たちにはがっかりだわ。だけど、もう二度と間違いは起こらないし、ピントスも二度と同じことは繰り返さないはずよ。こんなことになってしまってごめんなさい」

「いいのよ」ダニーは強く言った。「あの男は悪魔よ。厄介払いできて本当にうれしい」

リジーはほっとしたようにほほえんだ。「パーティに戻ってきてくれてありがとう。あなたはつくづく勇気があるわ。私、心配でたまらなかったの」

「大丈夫よ。自分の面倒は自分で見られるわ」

「でも、私たち、ずっとお互いの面倒を見てきたじゃない。今度だけは、私がそばにいてあげられなかったけれど」

「リジー」ダニーはユーモアにまぎらせて厳しい声

を出した。「今日はあなたの結婚式の日なのよ」

「だからって、ダニー、あなたが虚勢を張る必要はないのよ」

「いいえ、私はありのままでいるだけ。ピントスのことなんか気にしていない。あの男にちょっかいは出させないわ、私の人生にも、心にも」

「そう、あいつはもうそんなことはできない」リジーはダニーを抱きしめた。「でも、あなたにちょっかいを出したい人がもう一人いるみたい……」

「あなたがティアゴを見ているから、彼、私たちが自分の噂をしていると思ってるみたいよ」ティアゴがこちらに向かって歩いてくるのを見て、ダニーは緊張した。

ティアゴはまず花嫁に向かって優雅に一礼してから言った。「リジー、話のじゃまをしてすまない。一緒に踊ってくれないか？」あとの言葉はダニーに向けられていた。

ダニーはティアゴが自分にダンスを申しこんでいるのが信じられず、誰に話しかけているのかと、もう少しで肩越しに後ろを振り返りそうになった。

「私と？」

「もちろん、君とだ」

ダニーは心を決めた。深刻に考えないでティアゴと踊ろう。今夜はパーティなのよ。彼と一度だけ踊って何が悪いの？

ティアゴの腕に引き寄せられると、ダニーはしばらく口がきけなかった。今夜はいろいろなことがありすぎた。

「リジーから引き離してもらってよかったわ。古い習慣ってなかなか断ち切れないものね。彼女とは子供のころからずっとくっついていたから」

「そこにチコが現れた？」ティアゴが先を促した。

「そう」ダニーは弱々しくほほえんだ。「チコったら、さっきも花嫁と一緒にいたくてやきもきしていたわ。私って鈍感よね。だから、ダンスに誘ってもらってうれしいわ」

「それが君が厩舎にいた理由か？　リジーのいないこれからの人生をどう生きようかと思いあぐねていた？」

「あなたって鋭すぎるわ」ダニーは彼の洞察力に驚かされ、同時に少し心をかき乱されてもいた。

「鋭くなくたって、わかることさ」ティアゴが言い返し、二人が一つになって踊れるように、彼女の体を自分のたくましい体にさらにぴったりと引き寄せた。「君は、リジーの結婚で二人の関係がどう変わるか考えなくてはならなかった。人は誰でも物事を整理して考えるのに一人の時間がいる。それで、結論は出たのか？」

そう、今ではいくつか心に決めたことがあるけれど、ティアゴには言えなかった。やはりこんな挑発的なドレスを着てこなければよかったと、ダニーは思った。これでは彼に誤解されてしまうかもしれない。ダニーの体は、ティアゴの手が触れ、温かい息がかかるたびに反乱を起こしていた。彼に握られているだけで手には電流が走るようだった。動きをリードされるだけで反応が抑えられない。無難なダンスなのに。ダニーは自分に言い聞かせた。忘れてはだめ。ブラジルではダンスはエネルギーの源で、人にすばらしい効果を及ぼすけれど、そんなことが起こせる国はほかにはほとんどない。今、ティアゴとダンスが一つになって、驚くべき効果をもたらそうとしている。

二人は完璧に一つになって踊っていた。ティアゴはダニーの倍くらいも大柄だが、二人の息はぴったり合っていた。ダニーは自分がリズミカルにステップを踏み、ときにはセクシーで挑発的な動きをしているのに気づいていた。

二人はメインテーブルの近くで踊っていたために、

リジーが心配そうな視線を向けているのがよく見えた。ダニーは〝大丈夫よ〟と言う代わりにリジーにほほえみかけた。

もしもダニーがティアゴに体を密着させなければ、確かにすべては〝大丈夫〟のはずだった。彼が無理強いしたわけではなかった。彼の触れ方は物足りないほど軽かった。問題は音楽だ。踊りはじめてすぐ、南米のリズムが血管の中を駆けめぐり、ダニーを興奮させた。そして、ティアゴのたくましい筋肉に官能をくすぐられた。ダニーの体が少しでも離れると、彼はすぐに引き寄せた。

踊る姿がすばらしい男性はそういないけれど、ティアゴはその一人だった。彼の体はしなやかで力強く、そのうえミステリアスでセクシーだった。動きに抑えがたい情熱が満ちていた。ティアゴが急に頭を下げ、ミントの香りのする温かい息が顔にかかったとき、ダニーは震えだした。

「ダニー、君がこんなにダンスがうまいとは知らなかった」

「自分でも知らなかったわ」

ティアゴの唇にセクシーな笑みが浮かんだ。「僕が相手だからに違いない」

その自信満々な言葉も魅力的に聞こえ、ダニーは笑いだした。

「君はブラジルではおてんばだった」

「今でもそうよ、セニョール・サントス」

「ティアゴと呼んでくれ」

ティアゴが自分をただのおてんば娘としか思っていないとわかり、ダニーはがっかりした。私は一人前の女よ。欲望だってある。

さっきの出来事から少しは立ち直ったとはいえ、ダニーはまだ混乱の中にあった。それでも、自分がどんなにティアゴに惹《ひ》かれているか、よくわかっていた。そしてダンスは、内なる激しい感情を発散させるには完璧だった。言葉はなくても、ダンスが表現の手段となってくれる。

音楽がやみ、バンドが休憩に入ったとき、ダニーは突然きまり悪さを感じ、大きく開いた両開きのドアのほうを見た。今すぐ出ていきたいかのように。

「もう疲れたのか？」ティアゴが尋ねた。

ダニーは顔を上げて彼をじっと見つめた。「ごめんなさい、私……そんなふうに見える？」

「あんなことがあってさほど時間がたっていないんだ、疲れて当然だよ」

またたわ。彼は勘が鋭い。やすやすと私の心が読めてしまう。

「君に頼みがあるんだ」ティアゴが低い声で言った。

「なあに？」心臓が破裂しそうに打っている。

「引きあげるのをちょっと待ってほしい。バンドは休憩中だが、D・Jがあとを引き継いだ。だから、もう一度だけ、僕と踊ってほしい」

ダニーは一瞬、幸せな気分にひたったが、彼が再び口を開いたとき、つかの間の幸福感は消えた。

「そうすれば、チコが時間を稼いで、何もかもリジーに忘れさせることができる。君のことも含めて」

ダニーは大きく目を見開いた。ティアゴの言葉に傷ついていた。でも、彼の言うことは正しい。私はリジーから離れて、自分も前に進んでいかなければならない。

「私と踊るのがいやじゃなければ、喜んで」ここには私より美しい女性が山ほどいるけれど。

「もちろん。僕が踊りたいのは君だから」ティアゴがおもしろがっているような顔で言った。

いつものようにリジーとあれこれ話し合えたらとダニーは思った。二人とも無責任な両親のせいで、平穏とはとても言えない混乱した子供時代を過ごし、その間、互いを守り合ってきた。でも、子供たちを苦しませまいと固く決意したリジーの祖母と家政婦のアニーのおかげで、二人の人生は救われたのだった。

「ここから出たいのか?」ティアゴが尋ねた。

物思いにふけっていたダニーは、あわててティアゴに注意を向けた。「ごめんなさい……私、顔をしかめていた?」

「そのとおり」ティアゴがいたずらっぽく応じた。「僕に集中してくれないから、がっかりしていた」

「もしかして、あなたのことを考えていたから、しかめっ面になっていたのかもしれないわ」ダニーは皮肉っぽい笑みを浮かべた。

「それじゃ、ますます傷つくな」

嘘《うそ》ばっかり。ダニーは心の中で思いながら、自分の心の動きを彼に読まれているに違いないと思った。あの厩舎での出来事のあと、無理して明るくふるまってきて、疲れを感じはじめていた。

「ほんとにいいの? ここから連れ出してくれるの?」

「もちろん」ティアゴは答え、ドアのほうへとダニーを導いた。知らないうちに、すいていたダンスフロアが踊るカップルでいっぱいになっていた。「まわりを見ないで」彼が注意した。「ただ歩きつづけるんだ。君が特別目立つようなことをしない限り、僕たちが出ていくのに気づく者はいないだろう。とくにリジーに気づかれるとまずい」

二人はテーブルの間を縫うように進んでいった。ティアゴの手は軽くダニーの背中のくぼみに当てられている。ダニーは送電線に触れているようだった。彼の影響力がやむことはない——玄関ホールの階段の前に来るまでそれは続いた。

「部屋まで送るよ」ティアゴが言った。

ダニーはきっぱりと首を横に振った。「大丈夫、そんな必要はないわ」

「だが、そうしたいんだ」

二人がダニーの寝室の前に着くと、ティアゴは彼女のためにドアを開けた。

「おやすみ、ダニー」

指で頬を軽く撫《な》でられ、ダニーは息ができなくなった。

どうして彼はこんなことをするの？

「大変な夜だった、とにかく少しでも眠ることだ」

「おやすみなさい、ティアゴ。ありがとう……」

彼を見送り、その足音が消えたあと、ダニーは自分がじっと息を止めていたのに気がついた。

3

僕には妻が必要で、ダニーには資金が必要だ。ティアゴはさっそく計画を立てた。ダニーは頭がよくてガッツがあり、牧場を相続するための時間はどんどんなくなっていく。彼女に提案を持ちかければいい。どんな結婚にも取り引きの要素はあるものだ。人は愛のために結婚すると言うが、誰だって、その結婚が当事者双方に何をもたらすかは考えるだろう。相手に疑念がわくことだってあるはずだ。愛は世界を変えると言うが、金がなければ世界の誰もがあっという間に地獄に落ちてしまう。

僕はダニーの夢を実現する近道を提供し、代わりに彼女と結婚することで牧場を確実に手に入れられる。ダニーの事業の立ちあげにまとまった資金を用立てることなど、大した問題ではない。

明日、ダニーに話を持ちかけよう。何もかも詳しく説明すれば、彼女も自分が置かれた立場を正確に理解できるだろう。二人の取り引きは法的な契約によって確実なものになる。ボーナスとして、ダニーもついてくる。

今、ティアゴの頭には、サントス牧場で働いてくれている、彼が全責任を負っている人々のことしかなかった。みんなに正しいことをしたと思ってほしい。気になるのはそれだけだ。みんなに会えば、ダニーも同じ気持ちになってくれるに違いない。

「チコ?」ティアゴは、珍しく花嫁と離れて一人でいる友人を呼びとめた。今こそ計画を実行に移すときだ。

「どうした、ティアゴ……」

チコ・フェルナンデスは、南米の男に特有の浅黒い肌と人を引きつける魅力を放っている。そしてティアゴ同様、凄腕《すごうで》のポロ選手だった。

チコはティアゴの肩に腕を回した。「僕で何か役に立てることでも?」

「ダニーはおまえの下で働いてるんだろう?」

「ダニーか?」チコが眉を上げた。「彼女に目をつけたのか? かわいいから無理はない。今日は彼女を救ってくれて助かった。ああ、彼女はここで働いている。なぜそんなことをきく?」

「彼女をブラジルへ連れていきたい。もしそっちに異存がなければだが」ティアゴは淡々と説明した。

「それは僕が決められることか?」

「いや」ティアゴはチコの不機嫌そうな顔を無視して言った。

「ダニーに自分のところで働いてほしいと思ってるってことか?」チコが疑わしげに目を細めた。

「彼女は乗馬がうまいし、調教師としても見込みがある。だが、おまえのところにはじゅうぶんな人手があるはずだ。本当は何が狙いなんだ？」

「ダニーは自分の調教施設を立ちあげたいと思っている。その計画を助けてやりたいんだ」

「それが本心なのか？」チコはまだ納得していなかった。「知ってのとおり、彼女はいろいろと問題を抱えている。おまえのせいで彼女がさらに悩むことにならないか？」

「いや、彼女を困らせるつもりはまったくない」

「彼女を傷つけるな、ティアゴ。ダニー・キャメロンは妻の親友だってことを忘れないでくれ」

「僕はただ彼女を助けたいだけだ。今日の事件のあと、彼女が気の毒になって」

チコは眉根を寄せて考えこんだ。「リジーに伝えてみよう。ダニーに話を持ちかけやすくなるだろうから」

「そう言ってくれるのを待っていたよ、チコ」

ダニーはほっとしてベッドに倒れこんだ。みんなの前ではどうにかふつうにふるまえた。でも、今は一人になり、ありのままの自分でいられる。

腕を頭の後ろで組み、もう一度ティアゴの腕に包まれたいと思う気持ちを振り払った。ポロの選手に性懲りもなくまた恋をするの？　彼がピントスの同類でないのは確かよ。でも彼は、私には手の届かない雲の上の人。なのに、彼とダンスをしたときのときめきが忘れられない。この記憶はほかの楽しい思い出とともに心にしまいこんでおき、落ちこんだときに取り出せる元気の回復剤になってくれればいい。

このままここにいても、何も変わらない。年老いてなおロッティングディーンで働いているかもしれない。できる限りお金を工面して、母に仕送りを続けながら。そのお金がじゅうぶんだったことは一度もない。母は貯金することを知らず、やりくりすることすらできない。まして生活のために働くことなど、考えたためしもない。ここにいる限り、将来のために貯蓄することなどできない。自分の事業をおこすなんて、夢のまた夢になる。

だから、変化を起こし、できる限り成功を重ねていかなければ。ティアゴ・サントスのことを夢見て無駄にする時間などないくらい、よくわかっている。

翌朝、目が覚めると、空気は冷たく、空は曇っていた。ダニーは顔をしかめて上掛けを首元まで引っぱりあげた。チコとリジーは、リジーが祖母から受け継いだ屋敷の改修を始めていたが、ロッティングディーン・ハウスはここ何年も修繕費をかけて手入れされたことがなかった。そのため、セントラルヒーティングを取り替える工事はまだ進行中だった。古代の遺物のようなラジエーターは、うるさい音をたてるわりにはほんのわずかしか暖かい空気を流してくれない。だが、彼女が震えているのは、寒さのせいではなく、まどろんでは目覚めることを夜じゅう繰り返していたためだった。

そうなったのもティアゴ・サントスのせいだった。どうしても彼を心から締め出すことができない。彼に抱かれていたときの感触がまだ生々しく体に残っている。彼の腕の中は温かかった。

私ったら救いようがないわね。ダニーは心の中でつぶやき、勢いよく起き出した。シャワーを浴び、タオルを手に取って肌が赤くなるまでごしごしこすった。湯気で曇った鏡を手でぬぐい、よく映るようにして、しげしげと自分の顔を眺めた。目の下の痣《あざ》は見苦しく黄色みがかって青くなっていた。なんてすてきなの！　でも、ティアゴが持ってきてくれた馬用のクリームのおかげで、少なくとも腫れは引いていた。

臭いのことを口にしたときティアゴの顔に浮かん

だ表情を思い出し、ダニーは笑った。あの軟膏《なんこう》のことは誰もが知っている。馬の世話をしている者なら使ったことがあるはずだ。男が考えつきそうなことだとはいえ、ティアゴは親切心から馬用のクリームを持ってきてくれたに違いない。

ダニーはできるだけ厚着をした。厳しい寒さを防ぐには、着込む以外に手がない。

窓の外に目をやると、ティアゴが庭にいた。ダニーははっとしてあとずさった。まだブラジルに帰っていなかったんだわ。

心臓がドラムのように激しく打ちだした。再びティアゴを見ると、庭を横切る途中で足をとめ、昨夜結婚式にやってきた招待客の一人と話をしていた。いつものように愛想よく、相手を魅了している。そばにいるわけでもないのに、ダニーは彼の微笑につられてほほえんでいた。

そのとき、ティアゴが視線を感じたかのように上を見あげ、ダニーはまたさっと後ろに下がった。

彼に見られてしまっただろうか。でも、見られたとして、何が悪いの？　窓から外を見てはいけない法律があるわけではない。

再び下を見ると、ティアゴはおおぜいの人に囲まれていた。リジーの結婚式に招かれた上流階級の人々にとっても、ポロの有名選手とおしゃべりをすることは、わくわくする経験であるに違いない。とくにティアゴは、ポロの名選手として知られるのと同じくらい、華やかな女性遍歴でもその名を世間にとどろかせているのだから。

それだけではない。ティアゴは、傾きかけていた祖父の牧場を見事に立て直した実業家として、世界でも注目を集めている。それに、女性遍歴が派手だからといって、ダニーには関係のないことだ。でも、いくらそう思っても、繊細なレースのランジェリー姿か生まれたままの姿でティアゴに寄り添い、馬の軟膏よりずっとましな匂いをさせているはずの彼の恋人たちを、ダニーはなかなか頭から追い出せなかった。

そろそろ朝食に下りていかなくてはならない。それに、リジーの馬を運動のために走らせる時間でもある。彼女と約束してあったはずだ。ヒースの生える荒野を馬に乗って駆けるのが、繊細なレースのランジェリーを忘れる最上の方法だろう。

ダニーはどこだ？　計画について話し合おうと待っているのに、なぜ朝食に下りてこない？　ティアゴはいらいらと腕時計をのぞいた。ダニーは将来についてすでにほかの誰かと約束しているのだろうか？　彼女をつかまえそこなったのか？　気づかないうちに、どこかへ消えてしまったのか？

ティアゴは椅子を後ろに押しやり、部屋の中を行ったり来たりしはじめた。僕はスコットランドで時間を浪費しているのだろうか？　牧場長は、管財人の一団がサントス牧場の周囲をかぎ回りはじめたと知らせてきた。現時点で牧場ははかり知れないほどの価値があるが、牧場経営の初歩すら知らない者たちが経営権を得たら、あっという間に破綻してしまうだろう。牧場をそんな危険にさらしはしない、ぜったいに！

祖父の遺言の条件に従うとしたら、結婚相手としていちばん望ましいのがダニーだった。彼女のほうでも、ロッティングディーンにいつづけることに不満を持っているともらしていた。だから、ブラジルで奨学金をもらって訓練を受けることはすんなり受け入れるだろう。だが、僕の持ちかける取り引きについてはどうだろう？

「おはよう、ティアゴ」

ティアゴはくるりと振り返った。ダニーが食堂に入ってくるのを見て、ほっとした。「やっと来た」

彼女は驚いたようだ。「私を待っていたの？」

「ああ、待っていた」

「そう、来たわよ」ダニーは朗らかに言った。

シャワーを浴びたばかりらしく、こめかみに蜂蜜色の湿った巻き毛が張りついている。その姿に予期せぬ欲望がわき起こり、ティアゴは自分を抑えこまねばならなかった。必要なのは短期間だけの妻だ。僕にとって何よりも大切なのは自由だ。それを忘れるな。

「すっかり元気になったみたいだ」

「ええ」ダニーがいぶかしげに眉根を寄せた。「元気にならないわけがないわ、そうでしょう？」

「そうだな」僕にはおあつらえ向きの状態だというわけだ。「ぐっすり眠れたんだね？」

なんてことをきくんだ。ベッドに横たわるダニーの裸身を思い浮かべただけで、ティアゴの下腹部はあっという間にこわばった。あくまで事務的に話を進めなければ。それに時間も切迫している。あいにくダニーは今、彼の後ろから身を乗り出し、家政婦のアニーが並べたおいしそうな朝食の数々を眺めているところで、体は容易におとなしくならなかった。

「さよならを言うのに間に合ったのね、よかった」

ダニーがトーストを一枚手に取った。

彼女は僕の話に乗ってきている。いい兆候だ。ティアゴは元気づいた。「座って。一緒に朝食を食べよう。何をそんなに急いでいるんだ？」

「すぐに馬に乗らなくてはいけないからよ。座って食べている時間がないの」

「だったら、寒さに備えてもっと暖かくしないと」

ダニーはティアゴが着ている暖かそうなセーターにちらりと目を走らせた。「心配しないで。北極向きの重ね着はしてるから」

ダニーはふざけて言っているのではなかった。しゃれた編み込み模様の厚手のセーターを着て、冬用の生地で仕立てられた乗馬用のズボンと柔らかななめし革のブーツをはいている。昨夜ダンスをしたときに心をそそられた、形のいい脚はおおい隠されていた。ティアゴは一瞬、その〝北極向きの重ね着〟をすべてはぎ取りたい衝動に駆られた。

「じゃあ、一緒に乗ろうか？」

トーストをかじりかけていたダニーが一瞬、動きをとめた。「そんな時間があるの？」

「時間は作るさ」

「そう、それなら……」

ティアゴはドアへ向かいながら、ダニーが眉をひそめるのを見た。朝の乗馬を口実に、何か企《たくら》んでいるのではないかと疑っているらしい。だが、彼女がなんと思っていようと、かまうものか。

獲物を視野にとらえたハンターのように、ティアゴは意気軒昂《けんこう》としていた。それに、罪の意識を感じる理由などまったくない。断るほうがどうかしていると思えるほどの提案を持ちかけようとしているのだから。ただ、ダニー・キャメロンが、もし計算高いビジネス感覚を持ち合わせていなかったら？

彼女がこの提案を即座に断る可能性はじゅうぶんある。便宜上の結婚を身売りとみなし、神聖な結婚の誓いを冒涜《ぼうとく》するものと考えるかもしれない。あいにく今の僕には、相手を思いやったり同情したりする余裕はないが。だからといって、この提案を、ふだんデートをしている女性の一人に持ちかける気にはなれない。彼女たちとは、まるひと晩過ごすだけでも耐えられないのだから。それに、こんなに唐突な提案に応じる可能性のある女性は、どこをさがしてもいないだろう。

「せっかくだから、馬に乗りながら君の将来について話し合おう」食堂のドアを押さえ、ティアゴは言った。

「アドバイスはいつでも歓迎よ」ダニーが穏やかに

応じた。「でも、乗るのが先。おしゃべりはあとよ」

この件は、すんなりとはいかないかもしれない。ティアゴは心中穏やかではなかった。

「今朝はリジーの馬に乗るんだろう？」二人が厩《きゅう》舎《しゃ》のある庭に着いたとき、ティアゴが尋ねた。

「そうよ」ダニーは庭を横切りながら答えた。

馬は隣り合った馬房に入れられていた。ティアゴと一緒に遠乗りに行くのに胸がときめいていないふりをするのは、ダニーには無理だった。履歴書にこのことを書けば有利かもしれないと自分に言い聞かせながら、ダニーは皮肉な気持ちになった。ティアゴとは馬に乗るだけなのに、まるで自分に言い訳をしているみたいだった。

二人は一緒に馬に馬具をつけた。ティアゴの長く細い指がいかに巧みに動き、彼がいかにやさしくなだめるように馬に接しているか、ダニーは気づかないふりをしていた。

「準備はいいか？」彼がこちらを向いて尋ねた。

「いいわ」ダニーは顎を上げ、きっぱりと答えた。

リジーの馬を馬房から出すか出さないかのうちに携帯電話が鳴った。ダニーは画面を見て、かぶりを振った。

「ごめんなさい、電話に出なくちゃ」

「かまわないよ、どうぞ」

息もつかずにまくしたてる母の言葉をティアゴに聞かれないように、ダニーはすばやく離れた場所へ向かった。いつも同じだ。母はお金に困っている。それ以外に私に電話をすることなどないのだから。

深く息を吸うと、ダニーは話しだした。「留守番電話を聞いた？　長らく電話がないから心配していたのよ。元気？　それともどこか悪いの？　何かあったの？」母が何を言いだすか、びくびくして待った。いいニュースを言ってきたことなどあったためしがない。デートの相手はいつもお金に不自由している男と決まっている。母がお決まりの頼み事を繰り返すのを聞こうと、電話をしっかりと耳に当てた。

「彼が急場をしのぐ間だけよ、ダニー。あなたならわかってくれるって彼に話したの……」

彼って誰なの？　いいえ、どうでもいい。どうせ私のぜんぜん知らない男だろうから。

「あなたは頼りになるってわかっていた。ありがとう……ありがとう」母が大声で言っている。

「そんな大金、持っていないわ」母が告げた金額を聞き、ダニーは恐怖に駆られた。

母はダニーの言葉など聞いていなかった。「できるだけでいいの。本当にあなたはやさしいわね。あなたは頼りになるとわかっていた」

私が大ばかだとわかっているってことね。

「お金を借りるのはほんのわずかの間よ。彼、もうすぐお金が入ってくるの」

いったい何度この言葉を聞いただろう？「できるだけ送るわ」ダニーは約束した。

「ところで、ちょっと聞いたんだけど、チコ・フェルナンデスが引き継いだから、将来ロッティングディーンにはどっさりお金が入ってくるそうね？」

ダニーはすぐにリジーのために弁明した。「チコがすべてを引き継ぐわけじゃないわ。リジーとチコの共同経営よ。それに、二人がいくら稼ごうと、私にはなんの関係もないわ。とにかく、お金がたまったら送るわね」

「あの人たちにお金が入るんなら、あなたも少し分け前をもらいなさい」ダニーの言葉が聞こえなかったように母は言った。

なじみのある感情がダニーを襲った。彼女は、母への義務感と、自由に生きたいと思うせつなさにいつも引き裂かれていた。

「もう一つ、電話を切る前に話さないといけないことがあったわ」母が言った。「村で聞いたんだけど、ロッティングディーン・ハウスの改修工事が始まるから、しばらくあそこから出ないといけないんですって？」

「そのとおりよ」ダニーは言った。「古い家に新しい命が与えられるってすばらしいことよね」

「そうね」母があいづちを打った。「でも、言いにくいんだけど……工事の間、こっちのコテージには戻ってきてもらいたくないの」

「そうなの？」

「つまりその、新しい彼が、いやなんですって。わかってくれるわよね？」

「わかったわ」ダニーは母の身勝手さを噛《か》みしめた。

「彼こそ、運命の人だと思うの、ダニー」

〝運命の人〟がまた一人。ダニーはうんざりした。

「体に気をつけて、ママ」母の人生がまた木っ端みじんになったとき、地面に落ちた破片を拾うのは私。


でも、私の人生はどうなるの？　そのとき、小石を敷きつめた道を進んでくる蹄《ひづめ》の音に、ダニーは我に返った。「ママ、もう行かないと。リジーの馬を走らせるって約束したの」

「お金を送るのを忘れないで」

「ええ」馬に乗ったティアゴがもう一頭の馬の手綱を引いて現れるのを見て、ダニーは電話を切り、彼に意識を集中した。馬上の彼は息をのむほどすてきだった。ゆったりとリラックスしている。しかし、ダニー自身はリラックスするどころか緊張していた。なぜ、彼と一緒に遠乗りに行くことに同意したのだろう？　あのときはどうかしていたのだろうか？

「大切な電話だったのか？」

「母からの電話よ」

「じゃあ、何よりも大切だ」

ダニーは口の中で同意の言葉をつぶやき、心では別のことを思っていた。日に焼け、乱れがちな漆黒の髪をバンダナでまとめている彼は、地球よりもずっと活気にあふれた惑星から来た異星人のようだ。金のピアスがしぶしぶ顔を出した早朝の太陽の光に輝いている。

「何か楽しいことでも考えているのか？」ティアゴがダニーに馬の手綱を渡しながら言った。

「いいえ。これから馬に乗れるかと思うとうれしくて」彼女は微笑を抑え、馬にまたがることに集中した。

ティアゴと一緒に遠乗りをするだけでも冒険だった。でも、それを彼に言う必要はない。ありきたりのことでも、彼と一緒だと、なぜか新鮮に感じられる。もしかして私は彼に恋をしているのだろうか？　だとしても、何もいいことなんかないのに。

ティアゴはさぐるような視線を投げながらも沈黙を守り、中庭から外へと通じる道にダニーを導いた。

二人で馬に乗って進みながら、ティアゴは確信を深めた。チコからダニーの家族の事情を聞いていたのは幸いだった。僕が母親の経済状態を安定させ、さらに自分の調教施設を立ちあげるのを助けるとわかったら、ダニーは提案に応じるかもしれない。

ティアゴは広々とした草原をめざして馬を進めていった。そして馬をとめたとき、ついにダニーに切り出した。「いい仕事があったら君はこの国を離れられるか？　たとえば、お母さんを残してでも？」

「ええ、もちろんよ」ダニーがすぐに答えた。「それどころか、私に放っておかれたら、母はかえってほっとすると思うわ」

そして、ダニーは送金だけするのだろう。ティアゴはチコから聞いた話を思い出した。

「それで君は？　理想の生活ができるとしたら、どんなことをしたい？」

「私？　まだいろいろな選択肢を考えているところ

よ」

ダニーが馬の向きを変えながら体重を移動し、再び走らせるのを見て、ティアゴは歯ぎしりした。選択肢とはなんのことだ？　誰かが別の仕事を持ちかけたのか？

青臭い若者のように、彼女を必死に追いかけ回したくはない。

ティアゴは馬をとめたまま、ダニーを眺めた。彼女は牧童《ガウチョ》のように片手で手綱を持ち、鞍《くら》の後ろに座って体をそらし、まるで肘掛け椅子にでも座っているようにリラックスしている。その乗り方は、彼女がブラジルで学んだものだ。丘の頂上をめざして駆けあがる姿は、恐れを知らないように見える。彼女のそんなところが好きだ。それにダニー自身も。

ティアゴは自分の幸運が信じられなかった。うまくすれば、彼女と楽しい一年を過ごせる。そのあと、彼女は大金を手にして、好きなことをすればいい。

この計画で唯一にして最大の障害はダニー・キャメロン自身だ。なんとか彼女に結婚を承諾してもらえるよう、手立てを見つけなくてはならない。

ティアゴは手綱をつかんでダニーのあとを追った。彼女を我がものにできるかもしれないという期待が彼の血を熱くしていた。早く話を持ちかけて、妻を手に入れたかった。おあつらえ向きの女性がここにいる。馬の扱いに長《た》けていて、牧場で有能な働き手になれる女性が。最高じゃないか。

4

「君は本当に乗馬がうまいな」馬の速度をゆるめ、やがて完全にとめると、ティアゴが言った。

「あなたは私に追いつけないってこと？」ダニーは皮肉をこめて言い返した。

「追いついたじゃないか」

ティアゴに闘志満々の視線を向けられると、ダニーは体が震えた。彼と遠乗りするほど楽しいことがほかにあるだろうか？　でも、彼に見られるたびに胸をときめかせるのはばかげている。今は頭を冷やして、馬のことだけを考えるべきときなのだから。

「ブラジルに戻ろうと考えたことは？」

「戻るのもいいわね」ダニーは認めた。「ブラジルにいたときのことは忘れられない。最高の馬たち、最先端の設備を備えた研修施設。戻れる機会があったら、とても断れないわ。なぜ？　あなたが私に仕事を見つけてくれるの？」

ティアゴは黙ったまま、考えこむようにダニーの顔を見つめているだけだった。先走りしすぎたんだわ。おとなしくリジーの馬を走らせているべきときに、自分を売りこむなんて。

「そろそろ戻りましょうか？」彼は私と一緒にいるのにうんざりしているのかもしれない。

「僕は少しも急いでいない」

確かに景色はすばらしかった。銀色に光る急流が海に流れこむ向こうには、神秘的な深い森があり、探検においでと二人を差し招いているようだった。片側には古代の秘密を秘めた巨石があり、別の側には紫色のヒースの野原が絨毯《じゅうたん》のように広がって、屋敷へと続いていた。この魅惑的な景色を見て、急

「あなたは鉄でできているに違いないわ」ダニーは言い返した。「今日は零下百万度だって知っているの？」そしてその言葉を立証しようと、てのひらに息を吹きかけた。

「おいで。僕が暖めてあげよう」

ティアゴは抗議する暇も与えず、両腕を広げて自分のジャケットの内側にダニーを引き入れた。彼女は体を硬くしたが、逆らいはしなかった。ラテン系の男は感情表現がおおげさだ。彼は私が低体温症になるのを防ごうとしているだけ。

「うーん、とても暖かくなった」ダニーは頬を紅潮させ、ティアゴから体を離した。たくましく暖かい男の体に抱かれるのが癖になってしまいそうだった。

「中に入って、火の前で暖まるといい」ティアゴが言った。「僕が馬の面倒を見る」

「あなたに仕事を全部押しつけるわけにはいかないわ」ダニーは抗議した。「一緒にしましょう。それで去ろうとする者など誰もいないだろう。

親密さがこもる沈黙を守ったまま、馬上の二人はしばらく動かずにいた。この見晴らしのいい場所が、ダニーは子供のころから好きだった。目を閉じ、顔を空に向けて、深々と息を吸う。ここでこそ味わえる完璧な瞬間だった。自分が強く、自信に満ちていて——物事はいいほうに変わり、なんでもできそうに思えてくる。

「そろそろ戻ろうか？」ティアゴがきいた。

「家に着くのが遅いほうがコーヒーをいれるっていうのは？」ダニーは言ってみた。

全速力でティアゴから離れて疾走したはずのダニーが最後に耳にしたのは、風に乗って運ばれてくる彼の笑い声だけだった。

「震えているじゃないか」中庭で馬から降りながら、ティアゴが言った。

なら三十分ですむもの。そのあとシャワーを浴びればいいわ」彼が拒もうとしているのを察し、彼女は付け加えた。「あなたもびしょ濡《ぬ》れなんだから」

そのとおりだった。二人が家に帰り着く直前、みぞれ混じりの雨が降ってきた。雨はやむ気配もなく無慈悲に降りそそぎ、二人をびっしょり濡らした。

馬の世話をすませた二人は、厩舎《きゅうしゃ》から家まで走って戻った。雷鳴がとどろき、ダニーが悲鳴をあげたのと、ティアゴがもっと速く走れるようにと彼女の手を取ったのが同時だった。ドアの前に着いたとき、二人は息を切らし、笑っていた。顔を見合わせたとたん、ティアゴが動きをとめた。ダニーは一瞬、キスされるのではないかと思った。

「さあ、中に入りましょう」彼に隙を与えないよう、ダニーはくるりと背を向けた。

「シャワーを浴びて、暖まってきてくれ」ティアゴが言った。「それから階下《した》に下りてきてほしい。話があるんだ」

なんの話だろう？　仕事のこと？　ダニーはさらに何か言われるのを待ったが、彼は黙っていた。

ブラジル。

ブラジルに戻ることを考えるだけで、ダニーの胸は高鳴った。でも、ブラジルにティアゴと一緒に戻る？　ありえない。大平原、馬たち、星の輝く夜、活気あふれる音楽、親切でやさしい人たち――戻れるものならどんなことでもするだろう。でも、ティアゴと一緒に？　だめ、男性のことではもう愚かなまねはしない。

ダニーが階下に下りたとき、ティアゴは書斎にいた。窓辺に立ち、真っ暗で何も見えない外を見つめている。考え事をしているに違いない。でも、何について？　後ろ手に静かにドアを閉めたつもりが、ティアゴはかすかな物音に気づいて振り向いた。彼を見ただけで、ダニーは官能を刺激され、体が熱くなった。

「私に話したいことって何?」熱心すぎると思われないように、ダニーはそっけなく言い、あまり期待しないようにした。話が必ずしも仕事の提案で終わるわけではないとわかっていたからだ。

「座ってくれ。君の考えているとおりだ。君に提案したい取り引きがある」

ダニーは眉根を寄せた。提案したい取り引き?

私はお金も不動産も種馬も持っていない。巨万の富を持つティアゴ・サントスに提供できるものなんて何もない。この話はどこかしっくりこない。

ティアゴはダニーの向かいあるソファに座り、単刀直入に切り出した。「僕には問題があり……君にもある。君には仕事が必要だ。もし君が独立して資金をためたいなら、もっと高額の報酬がもらえる仕事につかなくてはならない」

「もちろんよ。でも、私は現実主義者なの」ダニーは笑ったが、うつろな短い笑いだった。自分の仕事での望みが、見込みのない夢物語だとは思いたくなかった。

「君が思い描いているような馬の調教施設を運営するには、大金がかかる」

「小規模なものから始めなくてはならないわね」

「それもごく小さなものになるな」ティアゴが言った。「だが、君は待つ必要がなく、自分の好きなだけの規模で事業をおこせると僕が言ったら、どう思う?」

「あなたの正気を疑うでしょうね――あるいは嘘《うそ》をついていると」ダニーはいったんは笑い飛ばしたものの、はっと気づいて尋ねた。「私を援助してくれると言っているの?」

「ああ、まさにそうだ」ティアゴがうなずいた。「僕は君がビジネスプランを書きあげるのを手伝うし、君の事業に投資もする」

つかの間、ダニーは有頂天になった。だが、すぐに分別がうわついた気持ちに取って代わった。「馬を調教して、ゆくゆくは利益を上げていく――それ以前に、私は何をしなくてはならないのかしら?」

この種の起業は成功するには時間がかかり、安易な道などは存在しない。それはよくわかっている。

「君の僕への信頼が絶対条件になる」

ティアゴはソファにもたれ、半分閉じた目で物憂げに彼女を見た。かすかな笑みが唇に浮かんでいる。

「どういう意味?」うれしさがこみあげてくる代わりに、ダニーは突然体に寒けを感じた。

「君と公正な契約を結びたい。そうすれば、一年後には僕たちの問題はすべて解決できる」

「そしてあなたは、気が向いたら私を捨てる。そして私は、仕事を失って取り残されるというわけ?」

「そんなことには、ぜったいならない」

「わからないでしょう。その契約っていったいどんなものなの?」

ティアゴは一瞬ためらってから答えた。「ティアゴ・サントスの妻になるのだから、けっして捨てられることにはならない」

「あなたの妻に?」あまりのショックに、言葉を発する唇の感覚がなくなっていく。「いったいなんの話?」

「僕は今、妻を必要としている」ティアゴは無頓着を装って肩をすくめた。「それもすぐに。君に率直に打ち明けるのは、ごまかしようがないからだ。今の状況をしっかり把握してほしいから、正直な気持ちを伝える。祖父の遺言の条項は、選択肢がないものだった。遺産を受け継ぐには、僕は結婚しなければならない。管財人たちが牧場を乗っ取る口実を見つける前に。彼らには牧場がどんな道をたどって今にいたり、どんな人たちに支えられてきたか、まるでわかっていない」

ティアゴの情熱がダニーにも痛いほど伝わってきた。牧場とそこで働く人々は彼の大切なものというだけではなく、彼の命そのものなのだ。ダニーがさっと立ちあがって出ていくこともせず、そのまま話に聞き入ったのもそのためだった。頭の中で彼の妻という言葉が駆け巡っていた。とても納得などできない。

「少し時間をあげよう」ティアゴが言った。「こんなことを言われて驚いただろう、わかるよ」

腰を浮かしかけたティアゴを、ダニーは手で制した。「お願い……」

「そんなに怖がらないでくれ、ダニー、警戒しなくていい。僕は本気で言っているんだ。君は今すぐ、待つ必要もなく、これまで望んできたものをすべて、夢見てきたものをすべて手に入れられる。そして、残りの人生も保証されているんだ」

保証されている？　そう、自分の調教施設を運営するとなれば、じゅうぶん豊かになれるだろう。貧しさの中で育ち、夢をあきらめていたのに、一歩踏み出すだけで望みがかなう。またとないチャンスなのよ。でも、その代償は？

「私は自分を売るわけね」ダニーは淡々と言った。

「君がそんなふうに受け取るとは、がっかりだな」ティアゴの口調が厳しくなった。「もう少し冷静になって周囲を見回せば、すべての結婚がある種の取り引きだとわかるだろう」

「でも、愛情は？」ダニーはきかずにいられなかった。彼女にはロマンチックな夢があった。「この結婚に愛情はあるの？　当事者双方にどんな利益があるかなんて考えもしない、愛情だけにしか基づかない結婚だってあるはずよ」

ティアゴになんと思われてもかまわない。愛情は大切よ。愛し、愛されることは、私にとってあらゆるものの中で最も重要なこと。

「話し合いのすべり出しとしては上々だな」ダニーが感情を爆発させたことなどなかったかのように、ティアゴが冷静に言った。

「あなたが私と一緒に過ごしたのはほんの数日よ。結婚を決めるのに、それでじゅうぶんなの？」

「僕たちはこの数日よりずっと前から、お互いを知っているじゃないか」

「ブラジルでは、お互いに単なる軽口をたたく相手としか思っていなかったわ」私のほうはそうは思っていなかったけれど。彼をひと目見て夢中になった。でも、そんなことを告白するつもりはない。

ティアゴは海外でも知られたポロの名選手で、私は貧困家庭の若者を支援する奨学金が命綱の、取るに足りない研修生だった。二人の間にはほとんど共通点などなかった。でも、彼に議論を吹っかけられると、負けずに反論した。彼はただ私をからかうのが好きなだけとわかっていたけれど。

「僕たちはいつも仲よくやっていたじゃないか、ダニー。この計画を実行に移して、うまくいかないわけがないと僕は思っている」

「でも、それが結婚生活を築く土台になるの？」

「人にもよるが、つまらない結婚をしているカップルだってたくさんいる。それよりはましだろう」

ティアゴに強く惹《ひ》かれる気持ちを脇に押しやり、ダニーは挑むように言った。「そして、結婚することがあなたの本当の目的というわけね？」

「僕は牧場が欲しい」

それは、いやというほどわかっている。

「僕は君に正直に話している。あのばかな連中がこれまでの苦労を無にしてしまうのをとめる唯一の手段が、一年間、結婚することなんだ。僕たちの結婚はあくまで本物だと思われないといけないから、条件をつけた。だが、僕は結婚に縛られたくはない。これでわかってもらえたかな？」

「確かにあなたは正直ね」ダニーはそう認めざるをえなかった。「私が結婚する気になるように、あなたはお金を与えたい。でも、本当のところは、独身生活を続けたい。まとめとしては、これで間違っていない？」

「そんなふうに言われると、僕が計算高い男みたいに思えてくる」

「それ以外に解釈できないもの。あなたは打算的よ。そして、私の答えはノー」

「ノー？」ティアゴが信じられないと言いたげに目を細くした。

「あなたが提案しているのは冷酷な契約よ。でも、私には拒むすべがない。なぜなら、あなたは私と交渉するためにすべて考えつくしているから。私がこの契約に同意するのと引き換えに何を要求するかってことまで予測して。でも、その要求はあなたが考えたこと。リジーとチコの結婚式で私と再会したのは、あなたにとって都合のいいことだったのね。私が種馬を待っている繁殖用の雌馬のように見えたに違いないわ。どのくらい長く私を品定めした？　私が泥まみれになったところを見てから？　私が哀れな被害者に見えたの？　あなたのテーブルから落ちたパン屑《くず》のおこぼれに、私が喜んであずかるとでも思ったの？」

「そんなことは考えもしなかった。君を利用しようと思ったことはない。ブラジルにいたときから君のことは印象に残っていた。君は芯が強くて、自分の考えをしっかり持っていた」

「だから私は今、よく考えてノーと言っているの」

ダニーの断固たる拒絶にあい、ティアゴは顎をこわばらせた。

「僕が何を言っても、考えは変わらないのか？」

ダニーは迷った。ティアゴに寄せる思いは強く、本心では彼を助けたかった。彼が牧場を愛していることはよくわかっていたし、彼をもっとよく知るチャンスを逃すのは惜しかった。でも、そのために、私は彼と結婚しなければならないの？

人生の決断を迫られたとき、これまではいつも母ならどうするかと考えてきた。もし母がイエスと言いそうなら、自分はノーと言うことにしていた。

これは夢をかなえる唯一のチャンスよ。夢が実現するなら、一年間、自分の役に徹して、本心を悟られないようにすることだってできるはずよ。

「それで？」ダニーの迷いを見て取り、ティアゴがいらだったように促した。

「もしこの話を進めるなら……あくまで仮定のうえだけれど、条件があるの」ダニーは言った。

ティアゴの表情が険しくなった。彼は取り引きをすることに慣れていないらしい。でも、このままでは私の気持ちは変わらないとわかっているはずだ。

「言ってみてくれ」ティアゴは要求を受け入れた。

「その一年の間、私はあなたにとってたった一人の女性になること。本気で言っているのよ。侮辱されるのはごめんだわ。私は母が人の笑い物になるのを見てきた。だから、誰にも、私が母の二の舞を演じているなんて言われたくないの。この取り引きを成功させたいなら、私の条件も契約に明記してちょうだい」

ティアゴの返事を待つ間、周囲の空気が緊張で張りつめた。彼は私が言うとおりにならないと想像もしていなかったかもしれない。でも、私だって譲歩はしない。

「わかった」ついにティアゴが言った。「だが、君が条件を出すなら、僕も出す。この結婚は正式なものだ。だから、僕とベッドをともにしてもらう」

ダニーは喉をつまらせた。ティアゴが返事を待っているとしても、声が出てこなかった。ティアゴの目は冷たく厳しい。交渉は最もむずかしいところに差しかかっていた。相手は自分の思いどおりに物事を運ぼうと決意を固めている。彼は二つの面を持つコインと同じ。コインの片側には思いやり深い紳士、でもその裏には、情け容赦のないプレイボーイがいる。私の体をそんな人に差し出すの？　考えただけで胸が張り裂けそうだった。

しかし、ダニーの体はそんな気持ちを裏切って、今にもとろけそうになっていた。傷つきたくなければ、ティアゴに恋してはいけないと今ではわかっている。でも、これからの日々、彼の腕に抱かれながら自分の感情を無視することなどできるだろうか？

でも、そうしなくてはだめ。ダニーは決然と自分に言い聞かせた。そして、最初にはっきりしておかなければならないことがいくつかある。「この契約を履行することで起こりうる結果についても考えないといけないわ」

「たとえば？」やさしさのかけらもない口調だった。

「この〝恋愛結婚〟のことを、生まれてくるかもしれない私たちの子供たちにどう説明するの？」

ティアゴが肩をすくめた。「僕はこの契約が永続的なものであるとは一度も考えなかった」

「そのようね」ダニーは自分の内で何かがしぼんでいくようだった。これは、ティアゴが自分の人生で、唯一考慮しなかったことかもしれない。

「妻を見つけることが僕にとっては最重要課題だった」彼女の心を読んだかのようにティアゴが言った。「あらゆる可能性を考えなかったのは、僕に非がある。昨日、君を厩舎で見つけたときは、この提案についてはまったく頭になかった。ただ君の安全だけを考えていた。こう言えば、少しは安心してもらえるかな？　この契約については、時間をかけて周到に計画を練ることができなかったんだ、かわいい人《チカ》。こっちに来てまだほんの数日だから」

親しげにチカと呼ばれ、ダニーは動揺した。彼はあまりにもなれなれしすぎる。ティアゴからどんなに愛情を示されても、冷酷とも言える彼のプロポーズを受けるのと同様、常に距離を置いて、感情を抑えていなければ。

彼の押しの強さに負けて、思惑どおりの妻になるつもりはない。「そう、こっちに来てまだほんの数日ですものね。でも、私と契約を結ぶにはじゅうぶんな時間だった、というわけね?」

「そのとおり」ティアゴは認めた。「だが、これは僕にとってとくに重要なことなんだ」

「私にとっても大事なことよ」

ティアゴがすばやく防御に回って、ダニーを安心させようとした。「僕たちの間の同意事項は、君の要求も含めて、僕の弁護士が法的な文書にする。それが正式なものであることは、僕が保証するよ」

「それについてはまったく心配していないわ」

「君の立場は法的に守られる。君は一生涯、安心して暮らせる」

「あなたの口から言われると、まるで刑を宣告されているみたい」

「とにかく、契約は僕たちが話し合ったとおりのものになるだろう」ティアゴが穏やかに請け合った。

「君は別に弁護士を雇って、契約書を見てもらうこともできる。費用は僕が持つ」

「でも、あなたは私のことを知らないわ」ぬぐいきれない疑念にさいなまれ、ダニーはかぶりを振った。

「誰かを知るまでに、どのくらいかかると思う? 君がチコの牧場にいた一年間、僕たちはほとんど毎日会っていた。結婚しても同じだよ。あのころ、君は軽口をたたいては僕を挑発していた……」

「私が自分を守るためにあなたに立ち向かっていったことを言っているの?」

「僕は君のそういうところが好きだった。だから、僕たちが結婚しても——」

「私はまだあなたの突飛な申し出に同意したわけじゃないわ」ダニーは指摘した。

「君は同意する」ティアゴが自信たっぷりに言った。

「君は僕に反論するだろう。自分が満足できないときは僕に文句を言うだろう。僕は裏表のない率直な関係を君との間に築けると思う」

「それはいいけど……でも、愛してもいない相手と一年間もベッドをともにするのには抵抗があるわ」

「君がそんなふうに考えているとは残念だ。時間があればそのこともきっとうまくいくと説得したいところだが、今は無理だな。僕に約束できるのは、君は必要とするすべてのものを手に入れられるということと、僕がいつも君を尊敬し、大切にするということだけだ」ティアゴは肩をすくめた。「君となら毎日顔を合わせても、楽しくやっていける。ほかの誰かでは、その半分もうまくいかないと思うがね」

「すべては、私たちがうまくやっていければという前提の話よ」

「ダニー」

「わかっているわ。あなたにはロマンチックに愛を語る暇なんてないのよね」

「そんな皮肉を言うなんて、君らしくもない、ダニー。とにかく、君の選択肢は実にシンプルだ。ここにとどまって何一つ変わらない生活を続けるか、僕と一緒に来て人生で最大の冒険に挑むか。君はどちらを選ぶ？」

5

ダニーは玄関の前に立ち、スーツケースの持ち手をきつく握りしめた。ティアゴが荷物を持ちたがって、彼女の手からスーツケースを奪い取ろうとしたからだ。三十分ほど前、朝食の席で、彼は携帯電話の画面を見せてくれた。そこには彼の弁護士たちが書きあげた契約書の文面があった。こんな短期間で、それもクリスマス休暇も近いというのに、スタッフをせかして仕事をさせたことにダニーは驚きを隠せなかった。だがティアゴは、初めが肝心とでも言いたげに、休日は弱虫のためにあり、自分はその仲間ではないと言い放った。

今日、二人はブラジルに発《た》つ。ダニーは母に電話をしたが、応答はなかった。リジーには新婚旅行のじゃまをしたくなくて、メールを送った。ティアゴと結婚することは伝えたが、まだ実感がわかなかった。

約束どおり、契約書の内容はきちんとしていて、ダニーは要求したものをすべて得られることになった。ついにダニーが最終的な決断を下したのは、ティアゴがイギリスに帰る便のファーストクラスのオープンチケットを彼女の手に押しつけ、気が変わったらいつでも帰っていいと言って信頼を勝ち取ったからだった。今では、売り払ってもいいと思っているチケットだった。

ティアゴは車のドアを開けて押さえ、もどかしげにダニーを待っていた。もう戻れない。私は懐かしいすべてのものを残してここを離れる。

ダニーはすばやく階段を下り、彼のもとへ急いだ。車は最新鋭の自家用ジェット機のそばで二人を降ろした。ティアゴは、自分とスタッフがこのジェット機を操縦してブラジルに戻るのだと説明した。彼女が自分の立場についてまだ確信が持てないでいるのをとがめるように、機体には血のように赤い太文字で〝サントス社《サントス・インク》〟と書かれていた。私は本当に別世界に足を踏み入れてしまったのだと、ダニーは実感した。そこでは、自分が知っている世界よりもずっと速いスピードで物事が進んでいく。

「無駄にしている時間はない」ティアゴがそっけなく告げた。「僕に割り当てられている離陸時間はぜったいに変更できない」

機内に入ると、彼は前方へダニーを促した。

「コックピットに座るの？」彼女は尋ねた。

「離陸するとき、僕と一緒に座りたいんじゃないかと思ってね。もし後ろの客席がいいなら、それでもかまわない」

「いいえ、ここでいいわ」もともとダニーは飛行機恐怖症だった。だが今、どうせ何もかもが変わってしまうのなら、怖がるのもやめようと思った。「ありがとう……」幸いなことに、彼女の声は落ち着いていて自信ありげに響いた。心の中では激しい感情の嵐が吹きすさんでいたが。「飛行機に乗るたび、パイロットの隣に座りたいなと思っていたの」

「君は僕の隣には座れない。そこは副操縦士の席だから。ただ、君の席からもすべてが見える」

たぶん、見えすぎるくらいいろいろなものが見えるんでしょうね。ダニーは虚勢を張ったことを後悔した。ティアゴの自信満々の態度がうつってしまったようだ。

「君が考えを変えたとしても……もう遅すぎる」ティアゴが危険で楽しげな笑みを目に浮かべ、ダニーの体のあらゆる部分に視線を投げかける。「後部にベッドルームがある」彼はさらに言い添えた。「必要なら使ってくれ」

「大丈夫。私の考えは変わらないわ」

「今のうちはそうだろう」ティアゴがさらりと受けた。「だが、ブラジルまでは長いフライトになる。眠くなったら遠慮なく寝てくれ」

「あなたは？」

「僕のことは心配しなくていい」彼はちらりとダニーを見てから、操縦に専念した。

ジェット機はなめらかに離陸した。馬を扱うのと同様、ティアゴは機体を楽々と操っていた。巡航高度に達し、水平飛行に入ったところで、操縦を副操縦士にまかせ、初めて自家用機に乗った感想を尋ねようと、ダニーの席にやってきた。

間の悪いことに、ダニーは唇を噛《か》んで自分が正しい選択をしたのかどうか思い悩んでいるところを見られてしまった。もうすぐ自分の夫になるはずの男性を見あげたものの、答えは出なかった。彼を見て、体は興奮に震えたが、深刻な不安は消えなかった。

ティアゴにとって、ジェット機を操縦するのは仕事の一部なのだろう。多国籍企業を経営し、国際的なポロ選手として活躍するのと同じように。一方、ダニーはといえば、子馬にナッツをあげたりするのは得意中の得意だけれど、契約について交渉するなどということには、経験も知識も皆無だった。

とにかく、学ぶのよ、すべてを。それも早く。ティアゴにほほえみかけられながら、ダニーは心に決めた。


数時間後、ダニーはベッドルームでやすむようにというティアゴの勧めを受け入れてよかったと思いながら、驚くほど快適なベッドの糊《のり》のきいたシーツに体を横たえ、ゆったりとくつろいでいた。

「コーヒーはどうだい？」

ダニーは跳ね起きた。遅ればせながら顎まで上掛けを引きあげる。着ているものを脱ぎ捨ててベッドに入ったので、何も着ていない。ティアゴはアイロンのきいた真っ白なシャツの袖をたくしあげていて、たくましい腕があらわになっている。そんな姿を見ただけで、体が喜びに締めつけられた。魅力を誇示するのを取りしまる法律があればいいのに。

「さあ、起きて」ティアゴがダニーのそばのナイトテーブルの上にコーヒーを置いた。「温かいうちにコーヒーを飲むといい。必要なものはすべてそろっているか？」

その問いに正直に答えていいのかわからず、ダニーはとりあえず礼儀正しく応じた。「コーヒーをありがとう」

ティアゴがにやりとした。「座ったらと、誘ってくれないのか？」

「ええ」彼があんな目で私を見ているのに？　誘えるわけがない。

しかし、ティアゴはおかまいなしにベッドに腰を下ろした。彼がブーツを蹴って脱ぎ、枕を自分の好みの位置に並べ替えて、ごろりと横になったのを見て、ダニーは息をとめた。

「いい気持ち？」ダニーは皮肉たっぷりに尋ねた。

「ものすごくいい気持ちだ。なぜきくんだ？」

ベッドに起きあがったまま、ダニーは膝を立てた。湯気のたつコーヒーを飲みながら、燃えるように熱い頬を隠すために、髪をカーテンのように顔の前に流した。

「君のじゃまをしているかな？」ティアゴが低い声で尋ねた。

ダニーは彼を一瞥《いちべつ》した。「コーヒーを飲むのを？」

「さあ、何をじゃましているのか、僕にもわからない。とにかく君は緊張している。上掛けの下は裸なのか？」

ティアゴは手を伸ばしてダニーの髪をひと房、耳の後ろにかけた。彼の言葉に驚き、ダニーは大きく息をついたが、すぐに緊張を解いた。そのとき、ティアゴが彼女のむき出しの腿に触れた。

「やっぱり君は裸だ……」ティアゴの唇にゆっくりと笑みが浮かんだ。「絹のようになめらかな肌、そしてつややかな髪」彼はもつれた髪を指に巻きつけ、それからコーヒーカップをダニーの手から取りあげて、ナイトテーブルの手が届かないところに置いた。

「楽にして」ほほえみながらつぶやく。「旅は長い。少しくらい楽しんでも罰は当たらない」

ダニーは急に喉がつまり、何も言えなくなった。ティアゴに触れられると全身が熱くなり、官能が目覚めてくる。ダニーはこの先を求めていた。さらにもっと先を。

ティアゴは時間をかけてダニーの体を撫《な》で、欲望をかきたてた。ダニーは力を抜いてベッドに横たわり、ティアゴが体を愛撫《あいぶ》し、腕や首筋や胸の頂にキスをするにまかせた。いつの間にか穏やかで安らかな気分になっていく。彼のテクニックは完璧だった。

目を開くと、ティアゴは横向きに寝そべってダニーを見ていた。彼女の興奮はさらに高まった。彼の大きな手に胸のふくらみを包みこまれ、震える吐息をつく。彼のてのひらは固くて温かく、馬の世話をするせいで少しざらついていた。彼の手と指には直感的な力が働くようで、女性の喜ばせ方をよく心得ているみたいだった。

ティアゴが体の位置を変え、ダニーをおおってきたとき、彼の浅黒く野性的な顔が照明をさえぎった。目に入るのはティアゴだけ。ダニーは彼の体の大きさと力強さをいつにもまして意識した。同時に彼の意志の強さと人を支配する力を改めて思い知らされ、いっそう官能を刺激された。

ティアゴが動きをとめると、ダニーは興奮のあまり息をのんだ。彼は次に何をしてくるだろう。

ティアゴは枕の位置を整えてダニーの寝心地をよ

くしてから、上掛けを取り去り、彼女の体を見つめた。ダニーはあわてて体を隠そうとはしなかった。ティアゴに自分を見てほしかった。しかし、彼に胸のふくらみを愛撫されると、じっと横たわっていようとしても無理だった。彼女はすすり泣くような声をもらし、ティアゴに向かって手を差し伸べた。

ティアゴがほほえんだ。黒い瞳は欲望に燃えていたが、彼はダニーよりも抑制することを知っていた。ダニーが身もだえして求めても、ティアゴは唇で軽く彼女の唇をかすめるだけにとどめた。そのキスだけで、二人の体はじゅうぶんに高ぶったが、彼はまだ自分の体の重みをダニーにかけることはしなかった。ただキスで彼女を燃えあがらせ、指でじらした。ダニーの体は苦しいほど愛撫に反応していたが、彼にさらに先へと進ませることはできなかった。

ティアゴが笑みを浮かべて言った。「僕は世界でいちばん幸運な男だな」

ダニーは体が熱かった。もっと触れてほしくて、痛いほどだった。

ようやくティアゴがじらすのをやめ、下腹部から腿を愛撫することに集中しはじめると、ダニーは大きくあえいだ。その間、ティアゴは彼女の視線をとらえて離さなかった。

ティアゴの手がついに目的の場所に来ると、ダニーは声をあげた。彼はゆっくりとダニーの両脚を開かせ、絶妙な触れ方で体の芯のまわりをそっと刺激した。彼女は腰を浮かせ、さらにもっととせがみ、それがかなわないとわかると不満の泣き声をもらした。彼にどう思われようとかまわない、私はもっと欲しい。彼が欲しい。今すぐ。

初めティアゴはからかうだけで、自分を身もだえさせながら放っておくつもりだと思った。しかし、彼女の欲望が高まってくるのを感じ取り、彼はそのすばらしい指の動きを強めて、ダニーの望みどおりの力を加え、巧みな速さで愛撫を繰り出していった。

ダニーは自制心を失い、興奮の嵐に襲われて大きく声をあげた。ティアゴは彼女の体をしっかりと抱き、喜びが増し、長く続くように手の動きを駆使した。歓喜の波がしだいに引いていっても、ダニーは言葉を失い、息をするのもやっとだった。ティアゴはそのようすを見て笑みを浮かべ、低い声でつぶやいた。「君にはこれが必要だと思っていた」

ティアゴにとっても思いがけないことだった。彼はスポーツと同様にセックスをするのが当たり前になっていたが、ダニーはその方面ではうぶで、自分の欲望を抑えこんでいるように見えた。

ティアゴは胸にキスをしながらダニーの体を静かにベッドに横たえ、ついに彼女の待ち望んでいたものを与えた。彼女にすべての体の重みをかけていったのだ。

そうされただけで、ダニーは再び自分を制御できなくなった。この瞬間が訪れることを長く心に描いていたため、それが実現した今、興奮にすっかり身をゆだねていた。ティアゴはそんな彼女をしっかりと腕に抱き、唇にキスをした。

「いいのか?」彼は答えを知りながら、低い声で尋ねた。

「やめて」ダニーはささやいた。「私、とんでもないことをしでかしそうだから」

「何をしてもかまわない」ティアゴは言葉の応酬を楽しんでいた。「君のふるまいには僕が責任を持つ」

ティアゴのキスはダニーをときめかせた。ティアゴの存在そのものが彼女を興奮させた。彼が相手だからこそ、欲望が荒々しいまでに高まっていく。二人は貪欲なカップルだった。渇望をあらわにし、飢えたようにキスをむさぼり合った。ティアゴの舌はダニーの舌を求めていた。彼女の全身を求めていた。彼に挑発され、ダニーはうれしかった。ある意味でティアゴは彼女を戦いに誘い、僕を試せとそそのかしていた。そしてそんなふうにされることで、ダニーは生きているという実感を味わっていた。

だからティアゴが立ちあがったとき、ダニーは失望のうめき声をもらした。だが、彼はダニーの視線をとらえたまま、ベルトのバックルに手を伸ばした。その顔にはほほえみが浮かんでいた。

ダニーは頭の下で腕を組み、ティアゴの器用な手が二人を隔てている衣服を取り去るのを喜びとともにじっと眺めていた。彼の上半身は固く引きしまり、日に焼け、男らしく堂々としていた。ダニーは彼を受け入れる準備が整っていた。彼女はこれ以上ないくらい激しくティアゴを求めていた。

6

ベッドに投げ出したベルトについているポケットベルを引き抜き、ティアゴはいらだたしげに画面を見た。「操縦室から呼び出しだ」

「今、行かないとだめなの？」

彼は笑った。「そうだ、行かないとだめなんだ。結婚式の夜まで、情熱を燃やすのは我慢しよう」

ティアゴは服を着て、ダニーを置き去りにしていった。彼女は泣き叫びたかった。満たされなかった欲求のせいもあるけれど、自分の行動を悔いてもいた。ティアゴにはとてもあらがえない。でも、機内でのあわただしいセックス以上のものが欲しかった。世間一般で言うふつうの結婚をするわけではないけれど、わずかでもいい、プライドを保っていたかった。ティアゴはピントスに痛めつけられた私の自尊心をよみがえらせてくれ、私自身が自分の中にあるとは気づかなかった夢や考えや、感情の数々を呼び覚ましてくれたのだから。

ダニーはブラジルにあるチコの牧場をすばらしいと思っていた。しかし、サントス牧場に到着した今、ゆるやかに起伏する大草原の中を延びていく完璧に手入れされた柵から、最新の設備を整えた種馬用の厩舎《きゅうしゃ》まで、見るものすべてに圧倒されていた。この地球上で最も不毛な土地の一つにあると言ってもいいほどなのに。ダニーはティアゴの牧場を自分の目で見て、彼の事業のスケールの大きさをはっきりと理解した。

ティアゴは睡眠のようなありふれた行為は必要としていないのか、シャワーを浴びたあと、牧場をひと回りしてくると言いだした。といっても、母屋の周囲だけだと。牧場全部を子細に見るには、一カ月かそれ以上かかるからと説明して。

〝戻ったら契約書のプリントアウトを渡そう〟彼はそう約束して、ダニーの世話を家政婦のエレナにまかせて出ていった。幸い、エレナは親しみやすい女性だった。

気がつくと、ダニーは寝室に一人取り残されていた。この数日で、立て続けに起こった出来事を思い返す時間が初めて持てた。だがまずは、客用のスイートルームを探検することから始めた。本当は荷物を解き、入浴して、機会があれば少し睡眠をとるべきだったが、神経が高ぶっていて、どうしても眠れそうになかった。

ティアゴの家を見て回るのは、びっくり箱を開けるようなものだった。ダニーは貪欲に隅から隅まで見ていった。どんな家を思い描いていたのか定かではないが、ポニーの飼育に主体を置いた、薄汚れた牧場の家でないことは確かだろう。それだと、プレイボーイの名がすたる。かといって、派手な豪邸でもないはずだ。牧場を経営するうえでふさわしくないし、ティアゴは洗練されたイメージとは裏腹に、地に足をつけた堅実な人物なのだから。

実際に見ると、この家には心地よさと贅沢《ぜいたく》さが混じり合っていた。考えられる限りの近代的な設備を備えつつも、古きよき時代から継承されてきた牧場の家の見本のようなすばらしさがある。途方もなく広いけれど、住み心地はよさそうだ。柔らかな風合いの木の色をベースに、朽ち葉色、黄土色、ワイン色、落ち着いた青など、自然界にあるさまざまな色がアクセントに使われ、それが木の床とエキゾチックな壁紙に映えて古い家に豊かな趣を添え、見る者を魅了する。ちょうどティアゴその人のように。

ティアゴは快適な生活を送っていると当然予測しておくべきだったと、ダニーは窓から美しい私道を見ながら思った。門を見たときから、これから特別な場所へ入っていくのだとわかった。何百年も前の木に彫刻をほどこした門自体が強い印象を与えていた。門の向こうには、富がもたらす豊かな風景が広がっていたが、そこでは一定の秩序が保たれているのが見て取れた。家へ向かう長い私道は幅が広く、生け垣は非の打ちどころがないほどきちんと手入れされ、左右にはたくさんの馬がいる放牧場があった。遠くには汚れ一つない牧場の建物と、ダニーがまだ名前もよくわからないほかの施設がいくつも見えた。

しかし、建物よりもっとすばらしいものがあった。それはダニーを歓迎してくれているティアゴのスタッフたちだった。到着した瞬間から、彼らは温かく接してくれた。スタッフのにこやかな歓迎を受けて、ティアゴの顔も灯がともったように明るくなった。

「ここにいるのが僕の仲間たちだ、ダニー」彼が誇らしげな声で言った。

　こんなに生き生きしているティアゴを目にするのは初めてだった。それから彼は、もう結婚しているかのようにダニーの手を引いてみんなに紹介して回った。そのとき、便宜結婚ゆえに感じていた気後れは消えていった。周囲にあふれるこんなにも温かい気持ちを受け取らずにいることなど、とてもできない。

　でも、私はティアゴに雇われているわけではなく、実はフィアンセでもない。なんとも曖昧な立場にいる。ダニーは物思いにふけりながら家の中の探検を続けた。豪華な衣装部屋があった。明らかにダニーよりずっと贅沢で洗練された生活を送っているらしい、ゲストのための衣類がそろっていた。この場所や、ここにいる人々と絆《きずな》を結べるかどうかは自分しだいだった。自分がどんな名前で呼ばれようと、なんの助けにもなりはしないのだから。

　浴室の設備は、どんな最上級のホテルにも劣らないものだった。蜂蜜色の筋の入ったクリーム色の大理石張りで、数えきれないほどのふかふかのタオルが備えてある。ダニーは足をとめ、浴室の窓から外を眺めた。放牧場と造園家の手になる立派な庭に、家のまわりが囲まれているのがよくわかる。そういえば、ティアゴが説明していた。自家用機は、彼の所有する牧場の上空を何キロも飛んでから着陸したのだと。

　船が難破して、女王に治められるのを待つ、孤島に打ちあげられたような気分だった。

　不意にティアゴが別れ際に口にした言葉を思い出し、ダニーの高揚した気分はたちまちしぼんだ。この家がとても気に入ったと伝えると、彼はこう言ったのだ。〝金がものを言うとはこういうことなんだよ、かわいい人《チカ》。君も、金さえあればこんな家が手に入るのさ〟

ティアゴが牧場の見回りを終えて帰ってきたときから、すべてが結婚式に向けてめまぐるしいスピードで動きだした。

「本当は周囲の環境に慣れる時間を君に持ってもらいたかったんだが」翌朝、ティアゴが言った。「もう時間がない。祖父の遺言の条件を満たすには、今週中に結婚しなくてはならない」

「結婚式の準備をする時間はじゅうぶんあるの？」

「スコットランドを出る前に、僕たちの取り決めについては承知してくれたはずだ」ティアゴがいらだったように言った。

「それはそうだけど……」彼に負けてはならない。ダニーは背筋をぴんと伸ばした。「こんなに早く結婚するとは思っていなかったわ」

「君への支払いには、迷惑をかけることへの代償も加えてあるんだが」

ティアゴの言葉はダニーの心に突き刺さった。ティアゴはミスター・チャーミングにもなれるけれど、同時に冷徹に意志を貫く戦士にも、花嫁になんのためらいもなく大金を支払う花婿にもなれる。そして今、彼は払ったものに対する見返りを求めている。

二人は子馬たちが草を食《は》んでいる牧草地に来ていた。ティアゴは今週末に結婚するという爆弾宣言をするのに、私が落ち着けるこの場所をわざわざ選んだに違いない。結婚の日程について、彼は出発前にすでに知っていたはずだ。でも、心変わりをされるのを恐れて、私には言わなかったのだろう。

〝末永く幸せな未来〟を結婚に求めるダニーの望みは、あっけなく崩れ去った。

彼女の心の葛藤を察したかのように、ティアゴがこちらを向いた。「この一件は緊急だと、僕ははっきり説明しなかったかな？」

「そうだったわね」私は今や〝一件〟になりさがっ

てしまった。

「君がいいと言うなら、さっそく契約書にサインしたほうがいいな」

「わかったわ」私は約束をたがえるようなことはしない。この〝一件〟で精いっぱいベストを尽くす。

ティアゴは家のほうへ歩きだしたが、その顔は厳しかった。「じゃあ、やるべきことをすませてしまおう。契約書には細心の注意を払って隅々まで目を通してほしい。サインをする前に、すべての条項に同意していることを確認してくれ」

この結婚はどのくらい冷たい計算ずくのものとなるのだろう?

それも、もうすぐわかる。

ダニーは結婚式の日を、穏やかでロマンチックなものとして夢想していた。野の花を髪に挿し、ロッティングディーンの村にあるスコットランド教会まてでみんなで歩いていく。結婚式のあとは村の集会所でパーティ。全員がその準備を手伝い、食べ物を持ち寄る。単純で思い出に残る日……。

でも、これは私の夢。現実は違う。私たちは大急ぎで式を挙げることになる。たぶん、見ず知らずの証人の立ち会いのもとで。

ティアゴはダニーの先に立って大股に歩いていた。彼の牧童《ガウチョ》への変身は見事だった。おしゃれなデザイナーズブランドの服は影も形もなく、着古したジーンズの上に使いこんだ革のオーバーズボンをはき、赤いバンダナで癖のある髪を押さえている。凝った革のブーツに、ベルトからはガウチョが身につける鋭利なナイフ《ファコン》がさがっていた。

この岩のような人が、チコの牧場でよく冗談を言って私を笑わせ、元気づけてくれた、あのやさしい人と同一人物なの? 信じられない。

そのとき突然、ティアゴが立ちどまった。ダニーを待ってくれているのではない。放牧場にいる数頭の馬を食い入るように見つめている。数を数え、状態を確かめているのだ。たぶん、とダニーは思った。彼は牧場にいるすべての家畜のことを把握しているのだろう。この牧場に比べれば、私の存在など無に等しい。牧場のためなら、ティアゴはどんなことでもするだろうし、どんな犠牲も払うだろう。

私は今からでも決意を変えられる。

いいえ、もう変えられない。契約書にサインすることで成功への道が約束され、母の生活を安定させることもできるのだから。これはそのための最高にして、おそらく唯一の道。

「これでわかってくれただろう？　僕がどうしても結婚しなければならないわけが」ティアゴは確信をこめて言うと、ダニーの前のデスクの上に契約書を広げた。「君が見たのは牧場の一部にすぎないが、ここを救わなければならない理由は理解してくれたはずだ」

異議を唱えるつもりはない。ダニーは契約内容を隅々までチェックしながら思った。書面には彼女が希望したことがすべて含まれ、彼に携帯電話の画面で見せられた内容と一字一句同じだった。

「一年ね……」これからの一年が二人にとって幸福な時間になるのか、最悪の苦しみとなるのか考えながら、ダニーは小さくつぶやいた。

ティアゴがペンを差し出した。ダニーはそれを受け取り、サインをした。ティアゴも続けて署名した。ダニーは体の内に寒々としたものを感じながら、二人のサインを見つめていた。彼は今、何を感じているのだろう？　ほっとしているのは確かだ。でも、それ以外には何も感じていないに違いない。

彼はどうしてこんなふうになってしまったのだろう？　ポロの試合で各地を回っているときは、洗練されたプレイボーイそのもの。でも、ガウチョたちと一緒に働いているときは、もっと幸せそうで、リラックスして見える。自分がよく知らない男性と結婚の契約を結んだことに気づいて、ダニーは不安になった。

「さあ、これで君は金持ちになった」ティアゴが言った。「感想は？」

「奇妙な感じだわ」ダニーは答えた。

もっと奇妙なのは、これまで生きてきて今ほど自分をみじめに感じたことはないという事実だった。

私は何をしてしまったの？　ダニーは中庭を横切っていくティアゴを見ながら思った。自分が破滅に向かって進んでいるのでは、という思いを振り払わなければ。私は世界でも有数の馬の調教師たちに加わって、ティアゴのそばで働く。こんなにいいことがあるだろうか。結婚が本物になるときがいつか来るかもしれないし、来ないかもしれない。とにかく私はここにいる間に、彼が教えてくれる牧場に関するすべてを覚えることに集中しなければ。

仕事を習ううちに、二人はもっと親しくなれるかもしれない。愛ではなく、友情で結ばれるかもしれない。そうなれば、これからの一年は二人にとってもっと過ごしやすいものになるはずよ。

ブラジルでは、新たな不確かな人生ではなく、胸躍る新しい日々が始まると思って行動すればいいと心に決め、ダニーはティアゴが子馬を調教している囲いの柵に寄りかかった。

「君もやってみるか？」ティアゴがやさしくダニーに呼びかけたが、その間も、訓練中の子馬から一瞬も目を離さなかった。彼によると、その子馬は牧場で最も高価な馬のうちの一頭だということだった。

「私にやらせてくれるの？」ダニーは驚いて尋ねた。

「当然だ。君は腕ききだから」

わくわくしていないふりなんてできない。

　ダニーはゲートをなるべく静かに閉め、世界でも指折りの調教師の仕事の現場に加わった。ティアゴのそばで働くなんて、人生で最高の経験だった。

「僕がどんなふうにするか見ているんだ」

　ティアゴを見ているのはなんの苦もなかった。彼の唇の動きと腕の筋肉の動きに、ダニーはたちまち心を奪われた。ティアゴの手は細心の注意を払ってポニーをなだめ、落ち着かせた。

「集中するんだ」彼が低い声で言った。

　考え事をして、気を取られているのがわかってしまった。

「いいぞ、ダニー」

　ティアゴがダニーの後ろに回った。背後から抱くようにして彼女の手を導く。ダニーは体を硬くした。

「顔を子馬に近づけて」ティアゴが小声で言う。

「ポニーと同じ空気を吸うつもりになって」

　彼のかすれた声には催眠効果があるようで、ダニーも子馬もリラックスした。

「馬が君を信頼しはじめたようだ」ティアゴがささやいた。「僕はこの場を離れるから、君は続けて。体を撫《な》でてかわいがってやるんだ。話しかけて、信頼関係が育っていくようにする。ひょっとしたら、この馬はいつか君のものになるかもしれない」

　こんなにすばらしい馬を買えるわけがないと思いながらも、ダニーはほほえみ、それからはっとした。ティアゴと結婚する代償に大金が銀行に振りこまれたら、この馬だって買える。

「君ならこの馬になんて名前をつける？」

「〝ホタル《ファイヤーフライ》〟にするわ」ダニーは後ろにティアゴがいると思って振り返ったが、彼はすでにガウチョたちがいる柵の向こう側に移っていた。

　ダニーが子馬を調教しているのを眺めながら、彼女とは波長が合うとティアゴは思った。調教を始めたばかりの子馬を扱うとき、第三者を囲いの中に入れたことは今までない。だが、ダニーは信用できる。チコの牧場で訓練を受けているところを見ていたから、不安はなかった。

人間的にはどうだろう……？

人間的にもダニーは信頼できる。家政婦のエレナ以外の女性で、ティアゴがそう言いきれるのはダニーだけだった。彼の母親は社交界の華だった。蝶《ちょう》のように飛び回り、運よく大牧場の所有者となった、粗野な労働者の息子と恋に落ちた。母には、またとないチャンスだった。

ティアゴは小さいころ、甘やかされ、かわいがられて育った。しかし、十代になってからは、ペット代わりになるのを拒否した。そのころ、父は酒びたりになり、母は中年にさしかかり、美貌はもはや昔のものになりはてていた。それでも母はかつてのもてはやされた日々が終わったとは頑として認めなかった。さらなる美容薬品が、新しいドレスが必要になり、もっと頻繁に美容院に、ついには整形外科医のもとに足しげく通わねばならなくなった。父はついに破産し、牧場から金を盗み出すところまで追いつめられた。その結果、ティアゴの祖父もすべてを失うことになった。

牧場に帰らざるをえなくなったティアゴは、別人のように働いた。欲深い両親の金蔓《かねづる》でしかなかった破産寸前のサントス牧場を、大きな成功を収める事業へと復活させた。彼は牧場に人生をかけていた。

こんな悲惨な家族の歴史を持つ彼が、結婚したいなどと思うだろうか？

答えはノーだ。だが、ダニーのように生き生きした美しい女性と、一年だけならなんとか我慢できる。とくにダニーが、彼のベッドにいるときは。

7

子馬と過ごしたティアゴは上機嫌になっていた。ダニーは彼と一緒に母屋へと戻りながら、今が結婚式の詳細を尋ねる絶好のチャンスだと思った。いくら大急ぎの結婚式でも、ティアゴのポロ選手としての名声を考えて、社交界を意識した盛大な式にしなくていいのだろうか？

「あの……結婚式のことだけど……」ダニーは切り出した。

「金曜日だ」ティアゴが言った。

「金曜日？」ダニーはぼんやりと彼を見た。

「金曜日が週の終わりだ」彼がじれったそうに言った。「式は今週中に挙げなければならない。そう言っただろう？」

ええ、でも、話に聞くのと、現実に直面するのとではまるで違う。

「やるべきことが多すぎるわ、時間がないのに」

結婚式は間に合わせられても、牧場の仕事のスケジュールや、ポロチームのサンダーボルトの日程とぶつかったらどうするのだろう？

「チームが出場する試合はチェックした？」

「もちろん」ティアゴがダニーの視線をしっかりととらえた。「結婚式に必要なのは君と僕、立会人が二人、それだけだ」

「ええ、それ以上は必要ないと思っていた」私がお金をもらったうえに、豪華な式を挙げてほしがっているとでも言いたいの？　ダニーは怒りを募らせた。

だが、それは真実ではなかった。彼とほんの一年結婚すると約束しなければならないだけでもつらいのに、周囲の人に、二人の結びつきが愛ゆえだと信じてもらおうと努力さえしないとは。

「僕たちは牧場で結婚する」それを聞き、ダニーは少しほっとした。「ただ、ここの全員に式に参加してもらいたい。だから、にぎやかなものになるだろう。僕はこの便宜結婚を恥じてはいないし、君にも恥じてほしくない。それから、チコとリジーがハネムーンから戻ってきたら、スコットランドへ飛ぼう。そして、村の教会で結婚を祝福してもらい、パーティを開こう。そのときは君の好きなようにしたらいい。欲しいものをそろえてくれ。十着のドレスでも、十二人の花嫁付添人でも」

ダニーは冷え冷えとした気分を味わっていた。結局、ティアゴは私のことをぜんぜんわかっていない。

「僕は君をだまそうとしているんじゃない。だが、今の状況を理解してほしいんだ。この結婚は僕と君に大きな利益を生む応急措置みたいなものだと」

「わかっているわ。取り引きに応じたからには、約束はちゃんと守るつもりよ」ダニーは請け合った。

ティアゴの緊張が解けた。「ありがとう、ダニー」目の表情がやわらぎ、口元がいたずらっぽくほころぶ。「結婚式まであまり日がない。今から金曜日までの間に、君は少し休まなければ。金曜日は君にとって大変な日だから」

「その前にあなたに会えるの？」ダニーはできるだけさりげなく言おうとしたが、ティアゴをいらだたせるだけに終わった。

「結婚前から僕を縛りつけようというのか？」

「違うわ」ダニーはひるまなかった。「ただきいているだけよ」

「南アメリカの炎とスコットランドの霜とではうまく折り合えないのかな？」ティアゴがからかった。

ダニーは眉を上げた。「はっきりさせておきたいの。私はあなたにドアマット代わりに踏みつけられて、黙っているつもりはありませんから」

「もっともだ」ティアゴがうなずいた。「僕はまだほかに用事があって出かけなければならない。帰ってきたら会おう。いつ帰れるかはわからないが」

「結婚式に間に合うように戻ってきてくれればいいわ」ダニーは冷ややかに言った。

ティアゴは声をあげて笑った。「間に合わないなんてことはぜったいにないさ」彼は請け合った。

彼の目の表情と微笑が、ダニーの血管の血を熱くする。どんなにティエゴが傲慢でも、体の芯までとろかすような彼の魅力には抵抗できなかった。

「結婚式のことをみんなに言ってもいいの？」

「誰にでも好きなだけ言うといい」

「わかったわ。旅を楽しんできて」ダニーはそっけなく告げた。

水曜日には戻ってこようとティアゴは考えていた。ダニーが好もうと好むまいと、水曜日の夜に牧童《ガウチョ》たちが結婚祝いのパーティを開いてくれることになっている。その席でダニーをフィアンセとして正式に紹介し、それからベッドに連れていけばいい。

そのときまでにはダニーがみんなに話しているはずだから、誰も眉をひそめはしないだろう。すでに彼女に触れていながら、最後まで味わっていないのに、金曜日の結婚式の夜まで待つのは長すぎる。

僕はダニーに有利な取り引きを持ちかけた。彼女はけっして約束を破らないだろう。うれしいことに、牧場のスタッフたちはすでに彼女が好きになったらしい。彼女が子馬を調教している周囲に黒山の人だかりができたのが、何よりの証拠だ。彼女の腕が悪ければ、彼らは見物などしないのだから。

これまでティアゴが漠然と心に描いていた将来の妻の像は、ダニーの登場によって魅力的な真実みを帯びたものになっていた。

ティアゴはまるで聖人だ。それが、彼が留守の間にダニーが学んだことだった。水曜日の朝、母屋へ向かう途中、彼女の心を占めていたのは年配のガウチョから聞かされた話だった。ティアゴはめったに仕事を休まないらしい。そして、牧場で働く家族一人一人の名前を、何世代も前の人たちをも含め、すべて覚えているという。彼は人々を破滅から救い、祖父の牧場を破産の淵《ふち》から引っぱりあげた。ティアゴの両親はそろって無能で、祖父の財産を牧場の救済に使うタイミングを逸してしまった。それればかりか、牧場の存続より、自分たちの贅沢《ぜいたく》な生活を維持していくほうが大切だと考えていた。

〝だが、ティアゴは違う〟そうダニーに言ったとき、年老いたガウチョの顔はぱっと明るくなった。〝ティアゴは俺たちの一員だ〟

ティアゴは自分のために働いてくれる人々には報酬を惜しまず、馬の調教と繁殖にかけては当代最高の腕を持ち、さらにポロの名選手として世界的に知られていた。

要するに、ティアゴは完璧だった。だが、世の女性たちはそれに同意しないだろう。彼が母親の浪費癖を許さず、女性全般を信用していないからだ。その情報は、牧場一の英語の使い手である家政婦のエレナから得た。彼の母親は洗練された女性だったとエレナは言った。母親はティアゴがプレイボーイになれるように仕込んだ。だから、時と場合に応じて遊び人の仮面を使い分けるのだ。それでも彼は根っからのガウチョだった――彼の祖父と同じように。

ヘリコプターの回転翼の音が聞こえ、ダニーは庭の真ん中で立ちどまって空を見あげた。ティアゴが帰ってきた。心臓が激しく打ちだす。思わず、手に持っていた包みをきつく握りしめた。牧場のガウチョに作ってもらったティアゴへの結婚の贈り物だ。ささやかな愛情表現にすぎないかもしれないけれど、それでも意味がある。金曜日に、何も持たずにティアゴのもとには嫁ぎたくない。

そして今、ティアゴの姿を見て、ダニーは息をのんだ。

庭を横切ってくる彼は、以前よりさらに自信とエネルギーに満ち、一瞬たりとも無駄にはしなかった。ダニーを引き寄せ、顔を見つめたかと思うと、二度と放さないとでもいうようにキスをした。

「君に会いたかった」ティアゴがうなるような声で言った。「エレナはどこだ？」

家政婦は一時間前に自宅に帰っていた。ティアゴの官能的な挨拶から逃れ、やっと呼吸ができるようになったダニーは、そう告げた。

「それはありがたい」

ティアゴはダニーの目を見つめたまま、母屋のほうへ促した。彼女の持っていた包みを取りあげ、玄関のテーブルの上に置くと、奥へと進んでいく。階段の下に着いたとき、ダニーの手を握った。

「だめよ！」

ティアゴは突然立ちどまり、顔をしかめて彼女を見おろした。「だめ？　なぜだめなんだ？」

「私がだめだと言っているからよ。いやなの」

「何がいやなんだ？」ティアゴが詰問した。その表情は険しい。

「あなたとベッドをともにするのが。今はだめ」

ティアゴは信じがたいという顔で笑った。拒絶に慣れていないのは明らかだ。「説明してくれ」彼は冷たい声で言った。

「決めたの。結婚式の夜までは自分を守ると」

ティアゴがまた笑った。「何を決めたって？」

「聞こえたはずよ。結婚式の夜まではあなたとベッドをともにしない。その夜を、特別なものにしたいの」ダニーは説明したが、ティアゴに気は確かかとでも言いたげに見られ、しだいにきまりが悪くなった。「私、プライドを失いたくないの。わかってくれるでしょう？」

「プライド？」ティアゴが不快げに目を細くした。

「そう、私のプライドよ」彼女は強く言い張った。

ティアゴは触れたくないものから手を離すように、ダニーから手を引いた。

「どうか、怒らないで」

「これは主導権争いか？」ティアゴが一歩後ろに下がり、疑わしげに彼女を見おろした。「君はセックスを武器に優位に立とうとしているのか？」

「まさか。私はセックスを武器にしたりはしない」

ティアゴは信じられない思いだった。なぜ彼女はこんなふるまいをする？　だが、近寄ろうとすると、ダニーは青ざめ、彼の胸に手を押しつけた。「お願い……」

僕はいったい何を考えていたんだ？　これではピントスと変わらない。ダニーを渇望するあまり、頭の働きが鈍ってしまったのか？

ティアゴのいる世界は荒々しく容赦なかった。ポロの試合では、競い合うというより相手を攻撃する。負けるという言葉は彼の選択肢になかった。ポロの試合でも、人生という勝負においても。だが、ダニーは違う。彼女は勝ち負けとは違うルールを求めている。かつてブラジルでダニーに惹《ひ》かれたのは、彼女がそばにいると楽しかったからだ。しかし、一緒に過ごす時間が長くなるにつれ、ダニーが深く傷つき、その傷を実にうまく隠しているのがわかった。

今、僕はダニーの傷をさらに深めようとしているのか？

じっとダニーと見つめ合い、やがてティアゴは言った。残念そうに肩をすくめながら。「結婚式の夜まで待つのもいいかもしれない」

「嘘《うそ》ばっかり」ダニーはささやいたが、顔には笑みが浮かんでいた。「でも、ありがとう、ティアゴ。

わかってくれたのね」

「プライドを理解する？　僕にそんなことを言うのか、ダニー？　プライドについては僕はかなりうるさいほうでね」

ダニーは安堵《あんど》のあまり大きく息をついた。「あなたにプレゼントがあるの」

「僕に？」ティアゴが意外そうな顔をした。「なぜ僕にプレゼントを？」

「どうしてあなたにプレゼントを贈ってはいけないの？」ダニーは心底とまどっていた。「あなたにお礼をしたかったのに」

「僕にお礼を？　なんのために？」

「あなたのそばで働く機会をくれたこと、この牧場に一年間住まわせてくれることに対して」そう言いながら、ダニーは胸がいっぱいになった。ティアゴに感謝する理由はたくさんある。スコットランドでピントスから救ってくれたこと。そして今、ベッドをともにするのを結婚式の夜まで待つことがどれほど私にとって大切か、わかってくれたこと。「これまでずっと、あなたが仕事をするのを見ているだけで、たくさんのことが学べたわ」彼女は正直に言った。「そして、この機会にあなたが一緒に仕事をしている人たちにも会えて、みんながどんなふうに暮らしているかも見ることができた。それを考えれば、無報酬でここで働いてもいいくらいよ」

「そういえば、君は一度もお金のことを口にしない」ティアゴは批判するのではなく、ただ事実を述べているようだった。

「なぜ私がお金のことを持ち出さないといけないの？」そう言いながら、ダニーの高揚した気分はすっかりしぼんでいた。私がお金目当てでここにいると言われても、反論できない。

「それで、僕に何を買ってくれたのかな？」ティアゴが促した。

ダニーは話題が変わったのを喜んだが、同時に、自分の贈り物が莫大《ばくだい》な富に慣れているティアゴには、あまりにもささやかなものかもしれないと、気後れを感じた。「仕事のときに使うものよ」

「なんだろう？　馬の蹄《ひづめ》用のオイルかな？」

「はずれ」ダニーはほほえみ、さっきティアゴが自分の手から取りあげた包みを取りに行った。「気に入ってくれるとうれしいけど」

それは特製のコインベルトで、牧場で働くガウチョの一人、マヌエロが作ったものだった。昔この種のベルトに使われたのは本物の銀のコインで、仕事をさがしてあちこち移動するガウチョたちは、ベルトを持ち運びができる銀行代わりにしていたのだと、マヌエロが説明してくれた。

「わくわくするな」ダニーに包みを押しつけられ、ティアゴが言った。

「じゃあ、開けてみて」その場の雰囲気がやわらぎ、ダニーはほっとしていた。

「すばらしい、ダニー、最高だよ」ティアゴはベルトを大事そうに手に取った。銀色のコインは彼のなめらかな指の動きにつれて音をたてた。「なんと礼を言っていいかわからない」

「本当に？　押しつけがましくなかった？」

「いや、ものすごく気に入った。完璧だ」ティアゴが断言した。「こんなすてきなプレゼントを思いついてくれた君を愛している」

私を愛している？

まさか。すぐにロマンチックな想像に走りそうになる自分を、ダニーは戒めた。「マヌエロが、きっとあなたは喜ぶはずだと言っていたわ」

「マヌエロが作ったのか」ティアゴはうれしそうだ。「それじゃ、彼は君が気に入ったんだな。彼の一族は先祖代々、このベルトを作ってきた。だが、誰にでも作るわけじゃない。ここではさまざまな伝統が家族に受け継がれていて、それも僕がこの牧場を大切に思っている理由の一つだよ」

「あなたがどれほどこの牧場を大事にしているか、よくわかるわ」

ティアゴはダニーを近くに引き寄せてキスをした。最初は両の頬に、それから少し間を置いて唇に。やさしく、余韻の残るキスだった。こんなキスをされたのは初めてで、ダニーは思わず涙ぐんだ。抱擁を解いたとき、彼の目には相手の心を推しはかるような光が宿っていた。

「どうかした？」ティアゴが黙っているので、ダニーは問いかけた。胸がどきどきしている。

ティアゴがほほえみかけると、頬に魅惑のえくぼができた。「僕も君に買ってきたものがある」彼は内緒話でもするように打ち明けた。「気に入ってくれるといいんだが。街まで買い物に行ってきた」

ダニーはほほえみ返した。人波をかき分けて買い物をするティアゴを想像していた。「それは見物だったでしょうね」

「これだ……」ティアゴはジーンズの後ろポケットに手を伸ばし、信じられないほど豪華なダイヤモンドの指輪を取り出した。「こんなのでいいかな？」

驚きのあまり、ダニーは言葉が出なかった。やっと声が出るようになったけれど、彼の聞きたがるような言葉は口にできなかった。「こんなものをジーンズの後ろポケットにしまっていたの？」

「箱なんてつまらないものさ」ティアゴが顔をしかめた。「包んでもらえばどれもおんなじだ。どこがいいんだ？　僕はありきたりの人間じゃないし、君だってそうだ。気に入らないなら、ほかのと替えてくるよ」

ダニーは催眠術にかかったかのように、手の中でさまざまな色の光を放つ指輪を引っくり返した。

「どうした？」ティアゴが尋ねた。「あまりうれしそうじゃないな。サイズが大きすぎるかな？　それとも小さすぎる？　けばけばしすぎたかな？」

ようやく緊張が解け、ダニーは笑った。「ごめんなさい。私、あまり感謝しているように見えないんでしょうね。この指輪はとてもきれいよ、ティアゴ。でも、いただくわけにはいかない」

「何をばかなことを」すぐに彼は言い返した。「だが、こんなこともあろうかと思って……」再びジーンズの後ろポケットに手を伸ばす。「いくつか買ってきた。君が気に入らない場合に備えてね」

ポケットから取り出したのは、それぞれが異なる宝石のついた指輪の逸品ばかりだった。ティアゴは一つ一つを、最初の指輪がのっているダニーのてのひらに加えていった。宝石の色もカットもすべて異なっている。

「ゆっくり見るといい」彼は肩をすくめた。まるでダニーにキャンディを選ばせるかのように。「よければ、全部持っていてもかまわない」

富の力を目のあたりにして、ダニーは呆然《ぼうぜん》としていた。「でも、私にはわからない……」

「わからないって？」ティアゴが問いかけた。「僕たちは結婚する。僕は妻にいちばんいいものを持たせたい」

「そうでしょうけど……」ティアゴからもらいたいのは、やさしい言葉か、ブラジルにいたときによく投げかけられた、からかうような笑みなのに。このたくさんの指輪は、まるで結婚の代償の一部で、取り引きをより確実にするためのボーナスみたいだった。彼の恋人たちはみんな、これと同じような贈り物を受け取ったのだろうか？

突然、手の中の指輪が重く、冷たく感じられた。

「受け取れないわ」

「そんなわけないさ」ティアゴが指輪を持つダニーの手を包みこんだ。「全部持っていてくれ。毎日替えればいい。そうしたら飽きることもないだろう」

「とんでもない」ダニーは心底ショックを受けた。

「服を着替えるように平然と指輪を替える？　そんなの無理よ。どんなものにせよ、あなたがくれる指輪は大切な宝物なんですもの」

ティアゴが顔をしかめた。「じゃあ、君は僕のプレゼントがお気に召さないってわけか？」

「そうは言ってないわ。どれも気に入ったことは確かよ。でも、全部なんて多すぎる。そんなにしてくれなくてもいいの。それに、こんな事情ですもの、何かもっと簡単なものが欲しい。むしろ、何ももらわなくてもいいくらい。指輪をはめていなくたって、問題はないもの」

「だが、僕は指輪を贈りたい」彼は強情だった。

「他人がどう思うか気になるの？」

「他人が何を考えるかなんて、まったく気にならない」ティアゴが怒りをぶつけた。「とにかく、指輪をみんな受け取ってくれ。はめたくなかったら、売ればいい。その金を君の事業の資金としてためておいてもいい。もし、そうしたいなら」

ティアゴの声は氷のように冷たかった。私は彼を傷つけてしまった。そう思うと心が沈んだ。彼があんなに身近に感じられたのに、今は何キロも離れてしまった気がする。

「あなたはとても寛大で気前がいいのね」ダニーはそっと言って、指輪を握りしめた。「ありがとう」

「よかった」ティアゴはきっぱりと言った。あたかも問題の解決ができて喜んでいるかのように。

8

自分が恋に落ちたことをダニーは思い知らされた。その日の午後、二人は並んで馬を走らせていた。しかし、ダニーは心からくつろげなかった。冷酷なプレイボーイのティアゴと、自分を笑わせ、馬について たくさんのことを教えてくれる牧童《ガウチヨ》のティアゴと、どうすればうまく付き合えるだろう。いつかこのことが大きな問題になるかもしれない。ティアゴを見つめながら、彼女は思った。

ダニーはティアゴの野性味に魅了されていた。ティアゴは挑戦すること、危険に飛びこむことを愛し、彼女はそんな彼と行動をともにすることをひそかに楽しんでいた。熱気と情熱にあふれたブラジルの風土に影響されたのかもしれない。太陽は暖かく、風はさわやかだ。ダニーは馬を駆りながら、思いきり深呼吸をした。馬に踏まれた花々のせいで、大気はこの上なくかぐわしい。あっという間に緊張感が消えていき、心が浮きたった。気がかりはただ一つ、ダニーはティアゴに視線を向けた。彼はあくまでリラックスしている。この気がかりを解消するには、金曜日の夜まで待たなくてはならない。

ティアゴが手綱を引き、牧場全体を潤す川のそばで馬をとめた。ダニーは一瞬、人生で望むことは、こんなふうに彼のそばで過ごすこと以外考えられないと思った。とにかく一年間はティアゴのそばで働ける。たとえ彼が自分と同じ気持ちでなくても。

ティアゴが指さすさまざまなものに、ダニーはうっとりと見惚《みほ》れた。巨大なアメリカ駝鳥《だちよう》が丈の高い草の間にもぐりこんでいく。驚いたのは、川に飛びこむ山猫を見たときだった。ティアゴは、この類いの山猫は蛙《かえる》を食べるのだと説明してくれた。

「ここは自然保護区に指定されていて、動物たちは危害を加えられることもなく安全に暮らしている。僕が馬を診てもらっている獣医たちが、ここに棲《す》む動物たちの健康にも責任を持っているんだ」

ダニーはたくさんのことを学んだ。動物のことだけでなく、ほかの誰もが知らないティアゴの人間性についても。彼はこの土地を愛し、土地の安全が脅かされるのを心配している。必要なら行動を起こすこともためらわないに違いない。

「家に遅れて着いたほうがコーヒーをいれる、いいね？」ティアゴが牧場に向かって馬の向きを変え、ダニーに戦いを挑んだ。

「あなたなんか目じゃないわ」ダニーは後ろを向いて笑いながら叫んだ。

最初はダニーが先頭だったが、ティアゴはやすやすと追いつき、しばらく二人は並んで馬を駆った。だが、彼は我慢できなくなって前に出ようとした。ダニーは先頭をゆずり、彼が楽々と片手で手綱を操って、腰でゆったりとリズムを刻むのを見て楽しんだ。そのうち熱い欲望が体の奥深くで芽生え、金曜日の来るのが遅すぎると思っている自分に気づいた。

ティアゴに続いて、ダニーは蹄《ひづめ》の音をあげて中庭に入り、馬から降りた。子馬から鞍《くら》をはずしていると、ティアゴの視線を感じた。瞳がいたずらっぽく輝き、唇に笑みが浮かんでいる。

「今夜はゆっくり眠るといい。金曜日はほとんど寝られないかもしれないから」

彼は鞍を持ちあげると、ダニーの横を通り過ぎていった。

ダンスフロアの真ん中でティアゴのそばに立っているのが、ダニーには信じられなかった。今夜はガウチョたちが開いてくれたパーティだ。ティアゴは両腕を上げ、静粛にと合図した。

すべてが猛烈な早さで、一気に進みだした。あと二日で、二人は結婚する。

だから？　何が問題なの？　金曜日に結婚するのはとっくにわかっている。なぜ不安になるの？

ダニーは一着しかないドレスで着飾り、ほとんどノーメイクで、髪を後ろできちんと結っていた。ガウチョたちに好感を持ってもらいたかったからだ。ふつうなら、馬の囲い柵の中やキッチンで彼らと一緒にいるのになんの抵抗もない。しかし今、ティアゴのそばに婚約者として立っていることが、現実とは思えなかった。どこからともなく現れた私を、ガウチョたちはどう思うだろう？

いいえ、誰がどう考えようとかまわない。この人たちのために、この場を乗り切らなくては。ティアゴがこんなに一生懸命に牧場を救おうとしているのに、私が問題を起こしてどうするの？

「ダニー？」

ティアゴの声には有無を言わさぬものがあった。ダニーははっとして目を大きく見開いた。

この人と暮らし、この人を愛し、それから後ろを振り返ることなく去っていく――そんなことが私にできるだろうか？

できない。

まわりを取り囲むたくさんの人々の笑顔を見て、ダニーは自分が詐欺師のように思えてきた。その思いを振り切るには、この結婚が、ここにいる全員の将来を確実なものにするという事実だけを考えるしかない。その一方で、ブラジルで最も結婚したい男とされるティアゴは――彼女の崇拝するティアゴは、二人の結婚を発表していた。集まった人々の間からどっと興奮の声があがった。

「ダニーが話したから、中にはすでに知っている者もいるかもしれない。降ってわいたような結婚話だと感じている者もいるだろう。だが実は、僕たちは長い間、お互いのことを知っていた。最近になって、友情が別の感情に変わったというわけなんだ」

計算ずくの契約をロマンチックに色づけしたその言葉を聞いて、みんなが喝采した。そして、ティアゴが振り向いたとき、ダニーももう少しで彼の言葉を信じてしまいそうになった。

ティアゴはダニーの肩を抱いてスポットライトから出ると、拍手喝采が最高潮に達している人々の間に入っていった。スタッフの男性たちがティアゴに握手を求め、女性や子供たちがダニーのまわりに集まった。

「それでは、ここで花嫁に特別なプレゼントを贈りたい」ティアゴが声を張りあげて言うと、ダニーの手を取り、ダンスフロアの向こうのスペースまで連れていった。

「また別のプレゼント？」ダニーはティアゴの彫りの深い顔を見つめた。「そんなことをしてくれなくてもいいのに」

「だが、僕はそうしたいんだ」

ティアゴが鋭く口笛を吹いて何かを呼んだ。人々の間に興奮が広がる。とどろくような蹄の音がして、みんなが後ろに下がった。雄の子馬が早足でこちらに向かってくるのを見て、ダニーは息をのんだ。

「これよりもっと欲しいものがあるかい？」

「いいえ、ないわ。でも……」

「じゃあ、この贈り物をどうか受け取ってほしい」ティアゴがそこで忠告した。「そろそろ君もビジネスウーマンらしく考えるときだ、ダニー。この子馬はいずれ価値の高い種馬になるはずだ」

この取り引きの最初から、私自身がビジネスウーマンらしく考えられたらよかったのに。ダニーは驚きから立ち直れないまま思った。この結婚は双方に利益をもたらす合併話で、それ以外の何物でもないと考えられたらどんなにいいだろう。ファイヤーフライと名づけたこの子馬も、有利な買収物件とでも考えられたら。

「ありがとう」ダニーは子馬に近づいてなだめ、やさしく話しかけた。それから子馬の首に顔をうずめ、なじみのある匂いを吸いこむと、ほんの一瞬、いつかティアゴのかたわらでこの馬に乗れたらいいのにと願った。

子馬はほめそやす人々の間を引かれていった。この贈り物が重要な意味を持つのは誰もが知っていた。ティアゴはこの子馬を花嫁に贈ることによって、牧場の人々に、自分の結婚はみんなに幸福をもたらすと誓ったのだ。

人々に向かっていかにも幸せそうにほほえみながら、ダニーは思った。牧場と違って、私の人生には確実なものなどありえない。そして、幸福になるにはお金がかかるのだ。

「ここは公の場だ、ダニー」

ダニーはティアゴに心の内を知られたくなかったが、彼に手を取られて引き寄せられると、自分の試みがみじめに失敗したのを悟った。彼が顔を近づけてきてキスをしたときでさえ、それが周囲を欺く見せかけにすぎないという疑いをぬぐえなかった。

「僕たちは今夜、みんなを幸せにした」彼が言った。

「そうね」ダニーは同意した。

ダニーの抱く不安を感じたらしく、ティアゴは人のいないところに彼女を連れていった。「君が言いたいのはそれだけか？」

ティアゴの言うとおりだ。彼は、私が幸せに小躍りせんばかりになることを当然期待していた。考えてもみて。まず婚約を宣言し、結婚式がもうすぐ執り行われると発表し、そのうえあんなすばらしい贈り物をしてくれたのだから。でも、私は自分に嘘《うそ》はつけない。

ティアゴは女性たちに囲まれて去っていくダニーの後ろ姿がこわばっているのを見て、歯を噛《か》みしめた。あの女性たちはダニーが結婚式の準備をするのを喜んで助けてくれるだろう。失敗は許されない。弁護士たちは相続の手続きのために待機している。もう少しで牧場は完全に僕のものになる。

仲間のガウチョたちに夜を徹して結婚を祝おうと誘われながら、ティアゴは自分がかつてないほど高ぶっていることを認めざるをえなかった。牧場を守っていこうという決意を、こんなにまで強くするのは今日が初めてだった。

だが、ダニーは大丈夫だろうか？　突然、金曜日がはるか先にあるような気がしてきた。

きっとうまくいく。木曜日の朝、一緒に結婚披露宴のメニューを決めてくれた女性たちに、ダニーは手を振って別れの挨拶をした。

「幸せか？」女性たちがにぎやかに帰るのを見送りながら、ティアゴが言った。

「ええ。今、やっと実感がわいてきたわ」

「言っただろう、すべてうまくいくと」

「そうね」そう答えつつ、ダニーは内心思っていた。いったん結婚してしまえば、私がティアゴに会うことなどあるのだろうか？

そんなことを心配するにはもう遅すぎる。ダニーは母屋へと歩きだした。ティアゴは厩舎《きゅうしゃ》に向かった。そのはずだった。

しかし、思いがけず彼はダニーについてきていた。それに気づき、彼女は驚いて声をあげた。

「もうすぐだ」ティアゴがダニーの顎を手で包んだ。「結婚式をさらにすばらしくするために、何かほかにすることがあるかな、かわいい人《チカ》？」

もしあなたが私を愛してくれたら、もっとすばらしくなるわ。

「君のお母さんは来るのか?」

「母は今、どこにいるかわからない……」

「お母さんは今、南フランスにいる」ティアゴの言葉に、ダニーは驚いた。「君が送った金を最後まで使いつくそうとしているんじゃないかな」

「母と話をしたの?」ダニーは勢いこんで尋ねた。希望がわき起こっていた。

「ああ、話した」ティアゴがうなずいた。「お母さんに飛行機を手配するつもりだった。結婚式に出てもらうために。だが……」

「母はなんて言ったの?」ダニーはもはや、母への強い思いを隠せなかった。「教えて」

「料金を払えなくて電話をとめられそうだから、君のほうでなんとかしてほしいそうだ」

9

「そう」ダニーの声には生気がなかった。娘が結婚するというのに、母が気にもしなかった事実には、予想できたこととはいえ、やはり傷ついた。

「君は努力したんだ、ダニー」

そう、私は確かに努力した。まったく、ばかげている。あの母が私の幸せを祈ってくれるかもしれないなどと想像したりして。

「正直言って、母が結婚式に来るなんて期待していなかった」ダニーは顔に笑みを貼りつけて言った。

目を上げると、ティアゴが心配そうに見ていた。もしかしたら、私は誤解していたのだろうか。彼にも本当は豊かな感情があって、ただ、それを表現することができないだけなのかもしれない。

「同情はしないで。私はもう子供じゃない」

「そうかもしれない。だが、君のお母さんより僕のスタッフのほうがずっと君に愛情を持っている。もし君のお母さんが貴族として生まれてきて父親の財産を浪費してしまったのなら、彼女と僕の母は双子だってことになるかもしれない」

苦々しげな声だった。ダニーはそれを聞いて、彼もまたかつて誰かを愛し、拒まれたのだと悟った。取るべき道は二つに一つ。努力することをあきらめず、愛を求める道。ダニーはこちらを選んだ。もう一つは単純に背を向ける道だ。それはティアゴが選んだ道だった。

「そんなふうに君が傷つくのを見るのは耐えられない」ティアゴが怒りをこめて言った。

「傷ついてはいないわ。ただ……」

「もう慣れているってことか？」ティアゴが吐き捨てるように言った。「どうしてそんなことに慣れないといけないんだ？　君は間違っている、ダニー。彼女を君の人生から切り離すべきだ」

「だって、私の母だもの。できないわ」

「君にそんな仕打ちをして、母親とは言えない」ティアゴはいらだったように手を振り、歯を食いしばったが、それ以上は触れなかった。「心配しないで。牧場のみんながここに来て、君を力づけてくれる」

「それにあんなにまでして気遣ってくれた」あの人たちは私の家族だ。大事にしまわれたベールとウエディングドレスの数々がラベンダーの香りのする箱に入れられて運ばれてきたことを、ダニーは忘れていなかった。花嫁に好きなものを選んでもらおうという思いやりだった。

「彼らが君の家族になったんだ、ダニー」彼女の心を読んだように、ティアゴが言った。

「私たち二人のね」そう考えると、心強かった。これから何が起ころうとも、私がこのサントス牧場の人々と結んだ絆《きずな》は私を支えてくれるだろう。「私のことをほんの短い間しか知らないのに、みんな本当によくしてくれた」結婚式のためにすでに飾りつけが終わっている中庭を見回しながら、ダニーは言った。「歓迎してもらって光栄よ」

「君は幸せになる。僕が保証する」彼が言った。けれど、ティアゴの腕が肩に回され、そばに引き寄せられたとき、ダニーは思った。ええ、でも、一年間だけ。この便宜結婚が続く限り、彼は私が平穏に暮らせるようにベストを尽くしてくれる。

「別々の寝室に引きあげる前に何か飲まないか？」

「いいわね」ダニーはほほえんだ。

明日は結婚式だというのに、とても現実とは思えなかった。一瞬目を閉じて、心の底から、自分たちがふつうのカップルでありますようにと祈った。でも、ふつうって何？　どのカップルも、完全に確信してから結婚に踏み切るのだろうか？

ダニーは頭を振ってよけいな考えを振り払うと、母屋の裏にあるパティオのほうへ歩きだした。

ハンターが動物愛護家になったようなものだった。どんな犠牲を払っても、ダニーと結婚しようとするティアゴの冷酷な計画は、彼女の母親の仕打ちを知ってあっけなく頓挫した。誰だってあんな扱いを受けるべきではない。ダニーと並んで立ち、彼の血は熱くたぎっていた。憤怒《ふんぬ》と欲望、それに自分でもぜったいに認めたくない何かのせいで。

ダニーの顔は真っ青だった。母親について交わした話にひどく打ちのめされたのは明らかだ。もう少し穏やかに話すべきだった。

ダニーは寝る前の飲み物に、オレンジジュースを選んだ。もうひと晩禁欲するという約束を守るために、頭をすっきりさせておきたいに違いない。

「お祖父《じい》さまに乾杯しない？」ダニーが突然言った。

「僕の祖父に？　驚いたな、君は祖父のことを考えたことさえないと思っていたのに」

「どうして？　お祖父さまがいらっしゃらなかったら、私たちが今、ここにいることもなかったのよ」

ティアゴは半ばおもしろがり、半ば感心してかぶりを振った。ダニーは正しい。祖父は理不尽なことをたくさんしたかもしれないが、僕に人生を変えるチャンスをくれもしたのだ。「まさか牧場の完全な持ち主になることを、祖父に拒否されようとは夢にも思っていなかった。だが、祖父は狡猾《こうかつ》で、僕のプレイボーイぶりを心底嫌っていた。母を思い出させるからだと言って。だから、あんな遺言を書いたんだ。僕の牧場への愛着を知っていたから。それに、スタッフたちをけっして失望させないことも」

「どんな犠牲を払っても？」

「そう、どんな犠牲を払っても」ティアゴはまっすぐにダニーを見つめてうなずいた。

「お祖父さまに」ダニーが乾杯のしるしに自分のグラスを彼のボトルに触れ合わせた。「マヌエロが教えてくれたんだけど、ご両親は牧場にいたことがなくて、ここに来るのはお祖父さまにお金をせびるときだけだったんですってね。そしてお金を手に入れると、二人は出ていった。ときには、あなたに会うこともなく。この話はどう続いていくの？」

ティアゴは答えたくなかったが、ダニーは簡単にあきらめそうになかった。目を見ればわかる。「悪さをして施設に入っていた僕を、祖父が救い出してくれた。牧場で僕を使ってみるからと言って。そして、僕が祖父の温情に値する働きをすると、一緒に暮らそうと言ってくれた」

「でも、あなたは事あるごとにお祖父さまに反抗したのね？」ダニーが推測を口にした。

ティアゴは否定しなかった。「僕には人のために働くという考えはなかった。この地の果てにあるような場所を見たとき……」彼は顔をゆがめた。「今僕が持っているような愛着は持てなかった。十代の僕には、この土地はなんの魅力もなかった」

「でも、あなたはここにとどまった」ダニーが続けた。目には同情の色が浮かんでいる。

「そう。ここの人たちが好きになったからだ。彼らに会った君にも理由はわかると思う」

「ええ、わかるわ」ダニーが彼の腕に触れた。

「いつも彼らから長くは離れないようにしている」少し間を置いてから、ティアゴは続けた。「彼らと祖父は、人生には別の生き方があると気づかせてくれた。やがて僕たちの間には絆ができた。僕は彼らと、土地や動物たちへの情熱を分かち合うことができた。そして、彼らは僕を仲間に入れてくれた。僕に馬を扱う才能があると認めてくれた。僕はしばらくはそれで満足していたが、成長期の誰もがそうであるように、外の世界へ出ていきたくなった。世界を広げて、自分の可能性を試してみたかった。そういう衝動は母ゆずりかもしれない」当時を思い出したのか、彼は笑った。

「それから？」

「祖父は賢明だった。口を出さず、好きなようにさせてくれた」

「あなたはどこへ行ったの？」

「そのころ、ポロの選手は世間でもてはやされていた。僕はその世界に進もうと決めた」ティアゴは肩をすくめた。「ポロを見て、学んで、どうにか金をため、最初のポニーを買うことができた。その馬は年寄りで引退する寸前だったが、僕は自分でポロをやってみたくてたまらなかった。そこでその馬を、ポロの試合で通用するように訓練したんだ。その馬のおかげで、アマチュアのポロの試合のシーズン中にひと試合だけ、短い時間だったが出場することができた。そのチームにはたくさんポニーを所有しているような選手はいなかったが、僕たちは全員ベストを尽くした」

「その試合であなたのすぐれた乗馬の技術が有力者の目にとまったのね？」

「そのとおり」

ダニーは手を伸ばせば届きそうなところに立っている。ティアゴは心を乱され、しばらく黙っていた。

「そのうち僕は馬の調教ができるようになり、中級のポニーの調教をまかされた」まだ将来に確信が持てなかったそのころの日々を、ティアゴは振り返った。「それから祖父が体調を崩した。だが、僕はポロが楽しくて、家に帰るべきだと知りながら帰らなかった。僕があそこまでのぼりつめたのは、すべて祖父のおかげだったのに。あのころの僕にはそれがわからなかった。これで、僕がどんなにこの牧場を大切に思っているかわかっただろう？」

「ええ」ダニーが静かに言った。「あなたのことがよくわかった」

「たとえば、なぜ僕がこんなに自分勝手なろくでなしなのか？」ティアゴは笑った。

「たとえば、なぜあなたの本当の居場所がここなのか」ダニーが言い返した。「そして、なぜあなたがこの場所やここの人たちに、いくら尽くしても尽くし足りないほどの気持ちを持っているかってことも。あなたは、お祖父さまがあなたを最も必要としているときに見捨てたと思っている。でも、お祖父さまはあなたが戻ってくるとわかっていた。だからあなたを行かせたのよ。人生の可能性が限りなく広がっていることをあなたに知ってほしくて。そして、あなたは期待を裏切らなかった」

「この牧場を維持していくために僕が下した決断は、たやすいものではなかったけどね」

ダニーがかぶりを振り、楽しげに笑った。「それ

について は、私もよく知っている」そして、ティアゴの目をのぞきこんだ。彼女の目が熱を帯びるのがわかった。

ティアゴはダニーをドアの前まで送っていった。紳士的にふるまうには、かなり努力が必要だったが。

「おやすみ、ダニー。次に会うのは結婚式のときだ」

今日の僕の花嫁ほど美しいものがこの世に存在するだろうか？　花びらを散らした通路をゆっくりと歩いてくるダニーを見て、ティアゴは笑みを抑えられなかった。ダニーは列をなしているおおぜいの人々の間を進んでくる。みんな笑顔で、その笑顔を見ているだけで彼はうれしくなった。それに、自分がすばらしい花嫁を選んだことも誇らしかった。ダニーには牧場や、そこで働く人々に貢献できる資質が山ほどあり、牧場の生活にさらなる潤いをもたらすだろう。それは僕がこれまでできなかったことだ。

戸外の花のアーチの下で執り行われた結婚の儀式はすみやかに進んだ。ダニーは低い声で、ティアゴはきっぱりと、結婚の意思を表明した。ようやく結婚できた安堵《あんど》感とともに、五感に刻まれた記憶はずっと心に残るだろうと彼は思った。

ダニーは小柄で、柔らかくて、かぐわしかった。そして、興奮と緊張のあまり震えていた。ティアゴのほうを向いて結婚の誓いを立てるとき、レースのドレスが衣《きぬ》ずれの音をたてた。

「花嫁にキスを」

ようやくティアゴはまともに呼吸ができるようになった。僕は結婚した。牧場は僕のものになった。祖父の遺言が求めていた重要な条件を満たしたのだ。ほっとするあまり、言葉も出なかった。ダニーの顔を手で包んだとき、牧場の仲間たちが立ちあがって拍手した。ここにいる人々の将来が今、保証された。

これが結婚式の招待客たちへの贈り物だった。すぐそばにはスタッフが結婚証明書のコピーを取るために立っている。そのコピーは、同じくそばで待機している配達人が弁護士たちのところに届けることになっていた。

結婚式は、ダニーが望んでいた以上にロマンチックだった。かぐわしい花々に包まれて戸籍係の前に立ち、彼女は自分が正しいことをしていると確信していた。結婚前の不安は消え去っていた。

ティアゴだってこの魔法を感じていないわけがない。彼が顔を近づけ、キスをした。今までにこんなに幸せだったことはない。新聞記事の辛辣な見出しも苦にならなかった。

〝田舎娘にティアゴの手綱が握れるか？〟

ええ、握れるわ。

〝狼《おおかみ》が猫に変身できるのか？〟

ええ、彼は変身したわ。

記者たちに何がわかるの？　私は彼を知っている。牧場にいるときの彼、真実の彼の姿を。

ダニーはティアゴに視線を向けた。すっきりと仕立てられたスーツに身を包んだ、信じられないほどの成功をおさめた男。それから自分の指に目を落とした。大きなダイヤモンドの婚約指輪の隣に、宝石をちりばめた結婚指輪がおさまっている。日々の仕事で荒れた手にはまったくそぐわない。どんなに着飾っても私自身は変わらない。これまでさまざまな言葉で自分を励ましてきたけれど、今、美しい借り物のウエディングドレスの中で、自分が小さく縮んでしまったような気がしていた。

土壇場で計画されたにもかかわらず、二人の披露宴はティアゴが予想したとおりだった。みんなが心を合わせ、パーティが特別なものになるよう協力してくれた。こんなに楽しいパーティにはしばらく出たことがなかったし、花嫁を見るたびに、自分はいい選択をしたと確信できた。

体は硬く張りつめ、どうにかしてくれと訴えていた。だが、ティアゴはこの苦しみを楽しみはじめていた。それに、自分の美しい花嫁をみんなに見てもらいたかった。たくさんの人々が祝いの言葉をかけようと待ちかまえていて、ダニーとティアゴが二人きりになれるチャンスは少なくとも今はなさそうだった。

「こんなすてきな大家族の一員なんだと思うだけでわくわくする」ダニーが言った。「この牧場が今までよりもっと身近に感じられるわ」

ダニーの手に手を重ね、指をからめながら、ティアゴは言った。「君は欲求不満じゃないのか？」

その言葉の意味を悟って、ダニーの瞳の色が濃くなった。「もちろん不満よ。そんなにあからさまかしら？」

「いや、君は正常で健全な欲望を持った、正常で健全な女性だと思う」

ティアゴはダニーの肩に腕を回し、彼女の目をのぞきこんだ。

「今夜のことで不安になってはいないだろうね？」彼はピントスのことと、ダニーの心の痛みのことを考えていた。「わかっているね、僕はぜったいに君を傷つけたりしない」

ダニーが少し悲しげに笑った。「もちろんわかっているわ。少なくとも一年の間は」

「君はこれから一生涯、安全だよ」ティアゴは断言した。「ダニー、約束する。君は二度と不安にさいなまれることはない」

ダニーの目が曇った。「そのことを今話さなくてはだめ？」

「いや」ティアゴはちらりと笑みを浮かべた。「じやあ、何について話したい、かわいい人《チカ》?」

ダニーは落ち着かなげに身じろぎし、それに気づいたティアゴが漆黒の眉を上げた。彼女はティアゴに肩を抱かれながら、早く体を重ねたいと思う欲求に、痛みを覚えるほど激しく身を焦がしていた。近々と顔を寄せ合っているために、彼の瞳が虎を思わせる金色の輝きを放っているのがわかる。熱い欲望に陰った物憂げな視線だった。

「君を助けてあげよう」ティアゴがささやいた。「もう少しこの場にいなければならないが、ここで何かできるかもしれない」

10

体はティアゴに降参したがっていたのに、頭では自制心を保とうとしていた。「何かって?」ダニーはわからないふりをして尋ねた。

ダニーの葛藤などおかまいなしに、ティアゴが答えた。「君の体のほてりをしずめるのさ」彼女の視線をとらえて、はっきりと言う。「自家用機の中でのことを思い出してごらん」

ダニーはショックを受けた。お堅い淑女を気取るつもりはなかったけれど、自家用機のベッドルームで二人の間に起きたことが、この披露宴会場で繰り返されるのは不可能に思えた。

ティアゴの目が熱い欲望に陰った。「誰も気づかない」彼がかすかに笑みを浮かべて言い放った。

「冗談でしょう？」ダニーは広間を見回した。

なぜか二人は今、招待客たちからぽつんと離れていた。だが、いつまた誰かがそばに来るかもしれない。ダニーはショックと同時にスリルを感じていた。

「冗談だって？」ティアゴはすでにドレスの裾をかき分けようとしていた。「何も考えず、僕をじっと見てればいい、ダニー。僕にまかせて……」彼は低い声で言った。

ダニーはティアゴの手が体の中心をさぐり当てたのを知って、あえいだ。秘密の場所を包みこむ彼の手はとても温かく、力強く、確信に満ちている。なんてみだらな人だろうと思いながら、彼のために前のほうに身をすり寄せていく誘惑には勝てなかった。

意識はすでに朦朧《もうろう》とし、五感はかき乱され、体は彼の愛撫《あいぶ》に集中していた。ブラジルに来る機内でじゅうぶん手ほどきを受けたため、ダニーの体は敏感に反応するようになっていた。彼に軽く触れられただけで、次々に押し寄せてくる歓喜の波に押し流されそうだった。招待客の笑いさざめく声も、耳を聾《ろう》するバンドの音楽も、雷鳴のようにとどろく自分の胸の鼓動や激しい息遣いの比ではなかった。

「やめてほしいときは、言ってくれ」我を忘れるダニーに、ティアゴが冷静に言った。彼女が低くうめいて応えたのは、最も激しい喜びの波が引いていったときだった。そのあと彼はさらにはっきりとした意図を持って手を動かしはじめた。まるで魔法にかけられているようで、ダニーは鋭く息を吸いこんだ。ダニーの好みも愛撫のリズムも心得ているティアゴは、彼女の喜びを長引かせ、その一分一秒を心ゆくまで堪能させることができた。

初めは最も触れてほしい部分をわざと避け、からかうように指を使った。そのせいでダニーは頭がおかしくなりそうだった。欲望に突き動かされ、再び体を椅子の前のほうへとずらすと、ティアゴの愛撫をより強く味わえるようになった。彼は人差し指を、張りつめている彼女の体の芯にすべらせた。ダニーは激しくあえいだ。彼が手を離したときには、不満のうめき声をあげた。

「長くは待たせない」ティアゴがささやくと、温かい息がダニーの顔にかかった。

彼の手は、この日のためにダニーが身につけていたTバックのリボンをさがし当てた。レースでできた細い紐《ひも》を、彼は丁寧に時間をかけてほどき、ドレスの下の彼女の体をゆっくりと解き放った。

「椅子のいちばん端まで体をずらすんだ」彼が命じた。「そして、後ろにもたれて」

ダニーはすぐに言われたとおりにした。招待客がすぐそばを歩き回っているせいで、かえって興奮が高まる。「音楽がうるさいから、誰も気づかないはずだが、なるべくなら大きな声は出さないほうがいい。さあ、もう少し脚を開いて」

ダニーはできる限り脚を開き、危険を冒していることにスリルを覚えながら椅子にもたれた。

「リラックスして楽しんで、すべてを僕にまかせるんだ」

ええ、あなたの言うとおりにする。

「ああ……」ティアゴの少しざらつく指の感触は最高だった。

「椅子から落ちそうになったら僕が支える」ティアゴが約束した。

「ああ……」ダニーはようやく呼吸を取り戻し、自分の体の声を聞くことに意識を集中した。

ティアゴの指は繰り返し円を描き、至福をもたらす愛撫をダニーの敏感な部分に加えた。「もっと脚を広げて。そして、僕を見て」

ダニーは震える息をついた。「あとどのくらい持ちこたえられるかわからない……」

ティアゴは適度な力をこめて、リズムを速めた。ダニーはすすり泣いた。「もうだめ……」

「我慢しなくていい。自分を解き放つんだ……」

ティアゴはダニーが喜びにあげる声を胸で受けとめ、しっかりと抱きしめた。

「僕たちの夜はまだ始まったばかりだ。これは手始めにすぎない」彼はほほえみながら約束した。

ティアゴは母屋までダニーと一緒に歩いていった。じかにお祝いの言葉を言う機会がなかった人たちに途中でつかまり、歩みは遅かった。我慢するほど、のちの喜びが増すことを思い、彼は招待客たちの祝福の言葉を喜んで受けた。

配達人はすでに結婚証明書を弁護士たちのもとに届けに出発していた。牧場は僕のものになった。ダニーのおかげで。

ドアの前に着いたとき、ティアゴはダニーを抱きあげて敷居をまたいだ。

「あなたがこうしてくれるかしらと思っていた」彼に床に下ろされたとき、ダニーは幸せに生き生きと輝く顔で笑った。

「君に関わることを、僕は何も忘れない。ドレスを脱ぐのを手伝おうか？」

突然、ダニーが恥じらった。「ボタンをはずしてくれる？　それだけでいい」緊張で声がこわばる。

「仰せのままに」

牧場では今まで知らなかったダニーが発見できた。それはうれしい驚きだった。ここに来て、あまり日数もたっていないのに、彼女はすでにサントス牧場を動かす、欠くべからざる一員になっていた。だが、この結婚にまだ疑いを持っている。それを消し去るのはティアゴの務めだった。

ティアゴが最後のボタンをはずすかはずさないかのうちに、ダニーはドレスを拾いあげ、走って階段をのぼっていってしまった。

「右側の手前の部屋だ」彼は呼びかけた。「女性たちから君に、内緒のプレゼントがある」

ダニーが階段の途中で立ちどまり、振り向いた。

「あなたは来ないの？」

「行くに決まってるだろう。今夜は僕たちの結婚式の夜だ」

二人の視線はつかの間しっかりとからみ合い、それからダニーは二階へ駆けあがっていった。そのようすは野性のポニーを思わせた。罠《わな》にかかって、見知らぬ土地で不安でいっぱいになっているポニーを。

「ゆっくりでいい……リラックスして」ティアゴは階上《うえ》に向かって声をかけた。

ダニーは黙ったまま姿を消した。

玄関ホールに重く立ちこめた静寂の中で、ティアゴの心に疑念が忍び寄ってきた。一年間、ダニーを幸せにし、そのあと彼女は必要とするすべてのものを手にして去り、彼も自由になる。だが、ダニーがひと筋の煙のように、いつ指の間からすり抜けてしまうかもしれないとわかった今、この一年でさえ、彼女をしっかりつかまえていられるかどうか不安になるのだった。

ダニーは浴室に一歩足を踏み入れ、うれしい驚きに声をあげた。牧場で働く女性たちが内緒でたくさんのアロマキャンドルを置き、そこかしこに野生の花を飾ってくれていた。ぐるりと周囲を見回し、申し訳ない気持ちでいっぱいになった。ティアゴとの結婚は人を欺くためのもの。なのに、この厚意を無にしたら、牧場の女性たちの気持ちを踏みにじることになる。

ドレスを床に落とし、バスタブに入った。泡立つ湯に体を沈め、目を閉じて長々と手足を伸ばす。近くでシャワーの水音が聞こえた。音がやむと、シャワーから出たティアゴがタオルをつかんで体に巻きつけるところを想像した。数秒待ってから、ダニーは体を起こした。

ぴったりのタイミングだった。ドアが開き、ティアゴが入ってきた。想像したとおり力強い上半身は裸で、濡《ぬ》れて光ってはいるものの、ほぼ乾いていた。

「君はなんて幸運なんだ」彼はほほえみながら妖精の森のような浴室を見回した。「女性たちはわざわざ街まで行ってくれたんだな」

ティアゴがゆっくり近づいてくるにつれ、ダニーの心臓は早鐘を打ちだした。彼はたたんであったタオルを取って広げた。ダニーは裸のまま、彼の瞳に魅入られたようにバスタブから出た。もう迷いはない。契約とは関係ない。これが私の望むことよ。

ティアゴはダニーをタオルで包んで抱きあげると、自分の寝室に運び、ベッドの上に横たえた。それから腰に巻いたタオルをほどき、床に落とす。彼女の息遣いが聞こえる以外、部屋は静かだった。ベッドは彼の重みで、かすかなため息のような音をたてた。

近くで見るティアゴの筋肉はすばらしかった。裸の彼を見るのは初めてだった。日に焼け、深いブロンズ色になった肌には、毎日馬に乗っているために、いくつか傷跡があった。もしかして、若いころむちゃをしていたときの名残もあるのかもしれない。ダニーは、ポロチームのサンダーボルトの一員であることを示すタトゥーを指でなぞった。相手チームに恐怖心を与えるためか、タトゥーには感嘆符までついている。顎にうっすらと伸びた髭《ひげ》は濃く、豊かな髪は光を反射して輝き、耳には金のピアスがきらめいていた。彼は完璧な野蛮人。そして、私のもの。

「急がないで」ダニーが体を押しつけると、ティアゴは言った。「僕は大きいし、君は小さくて華奢《きやしや》だ」

「大丈夫よ」ダニーは大胆に言ってほほえんだ。腿に押しつけられる彼の興奮の証《あかし》がいとおしい。そのとき体の中心をさぐられ、喉から低い声がもれた。

「驚いた？」ティアゴが眉を上げると、ダニーはきいた。彼を受け入れる準備がすっかり整っていたからだ。

「いや、驚いてはいない」ティアゴはダニーの体をおおい、ベルベットのようになめらかな高まりの先端をからかうように押しつけた。

「そんなのいや」ダニーは不満をもらした。「そんなふうにじらさないで」

「本当に？」ティアゴがかすかにほほえんだ。「こうしても許してくれると思ったが」

続いてティアゴがもう少し深く身を沈めてくると、ダニーは小さく叫んだ。しかし、彼はゆっくりと時間をかけ、ダニーがすっかり身をゆだねてくれるまで待った。そしてもう少し大きく、深く動きながら、指を巧みに動かし、彼女に最初のショックを忘れさせた。

「僕が欲しいか？」

「わかってるくせに」ダニーの声は震えていた。

「もっと深く？」

「ええ、そう」

「もっと激しく？」

「お願い……」

ティアゴが深く身を沈めたとき、ダニーは喜びの声をあげた。彼はしばし動きをとめ、ダニーが衝撃から立ち直り、呼吸を取り戻すまで待っていた。彼女はティアゴにしがみつき、興奮にあえぎ、指を彼の体に食いこませた。ティアゴのてのひらにヒップを包みこまれたとき、快感が体に満ちた。彼の大きく力強い手にやすやすとコントロールされているさまを思い描き、官能に火がついた。ティアゴは彼女の体を持ちあげて自分の上にのせ、安定したリズムで動きはじめた。ダニーは彼の動きに合わせて、感きわまった声をもらした。

ダニーはすぐにクライマックスを迎え、我を忘れて叫び声をあげた。全身がとろけて、高く舞いあがり、激しく揺さぶられるような興奮の波に運ばれていった。

「もっと欲しいのか?」波がおさまり、ダニーが衝撃の余韻にすすり泣いていると、ティアゴが尋ねた。

「お願い……」この言葉しか言えなくなったようだ。

ティアゴがさらに速く動きだすと、ダニーは彼の胸に唇を押しつけた。彼が自分を求めている間、ともに動き、一緒に歓喜を味わうために。

「もっと君を喜ばせたい」ティアゴは欲望にくぐもった声で言うと、ダニーの脚をさらに広げた。

「ええ……」ダニーは今、ずっと求めていたものを味わっていた。そして、彼も自分を求めていたとわかって、興奮がいやがうえにも高まった。

ティアゴが体を引いたとき、ダニーは不満げに声をあげたが、すぐにからかわれているだけと知って笑いだした。ティアゴが再び深く身を沈めてくると、ダニーは低くうめき、彼の首に唇を押しつけた。

「もっと?」

「あなたが与えられる限り」ダニーの世界は興奮に支配され、その中心にいるのがティアゴだった。

ティアゴは深く身を沈めては退き、また深く身を沈めてきた。ダニーはティアゴの引きしまった筋肉質のヒップをつかみ、大きくうねりを繰り返す彼のリズムに合わせて動いた。クライマックスはすぐそこまで迫っている。ティアゴの目が喜びに曇るのを見て、彼もまた自らを解放するときが近いと悟った。

「そのときが来たら言うから」ティアゴが告げた。

「今よ!」ダニーは叫んだ。

ダニーにきつく締めつけられ、ティアゴには彼女をとめるすべがなかった。二人はともに喜びに我を忘れ、官能の嵐のただ中へと運ばれていった。ダニーが自らを解き放つのと同時に、彼も自由になった。

ティアゴのコンピューターを見ることさえなかったら……。

彼がシャワーを浴びている間、ダニーは二人のために水を持ってこようと階下《した》に下りた。今、彼女はキッチンの床にしゃがみこみ、頭を抱えていた。キッチンに下りてこなければ、彼のコンピューターに触れてしまうこともなく、画面に光がよみがえって文字を映し出すこともなかっただろう。だが、今となってはもう遅い。もうその文字を読んでしまった。ほんの数分前、幸せすぎて泣いていたのに、今は絶望の涙が頬を伝っていた。

ティアゴは今日、リジーからのメールに返信している途中で作業を中断したらしい。おそらく、牧童《ガウチヨ》たちが迎えに来たからだろう。一度画面の文字を読みはじめると、ダニーは途中でやめることができなくなった。リジーから来たメールまでスクロールして読んだ。そして自分の世界が砕け散ったのを知り、足から力が抜けて、床にしゃがみこんでしまった。

すべてが嘘《うそ》だった。ティアゴは大切なことを伝えないことで、私をだましていたのだ。

リジーからのメールは、タイトルだけですべてを語っていた。〝チコが口を割ったわ〟それだけで、ダニーにはわかった。チコはリジーを激怒させる何かを打ち明け、今、ダニーもそれを知ったのだった。

あなたが牧場を守るためならどんなことでもするとわかっていた。でも、その計画について聞くと本当にショックだった。もしあなたがダニーを傷つけたら、たとえチコの友達でも、ぜったいにあなたを許さないから。

ダニーは私の友達よ。だから私が彼女を守るわ。妻と子供を手っ取り早く手に入れなくてはならないからってだけで、結婚するなんて間違っている。

チコがようやく話してくれたわ。あなたは子供は手元に置くけれど、母親とは別れるのだと。なぜそんなことができるの、ティアゴ？　あなたが嘘をつかない限り、ダニーがそんな条件をのむわけがない。このことを知ったら、彼女の心はまたぼろぼろになってしまう。

お願い、ダニーをこっちに帰らせて。屋根の工事はほとんど終わったから、もう安心して住める。私たちはもうすぐハネムーンから戻るつもりよ。ダニーに伝えて。ここにはいつでもあなたが帰れる家があるって。

ティアゴが私の赤ちゃんを引き取る？

そういえば彼は、子供のことは一切口にしなかった。妊娠する可能性があると私が言ったときも、肩をすくめてやり過ごした。百パーセント確実な避妊の方法なんてないし、私たちは今日、なんの避妊の措置も取らなかった。でも、もしティアゴが私から子供を取りあげられると思っているなら、大間違いよ。だって私は、もし子供ができたら、その子を守るために死ぬまで戦うつもりだから。

牧場を救済するのはいい。でも、母親から子供を引き離し、まだ生まれてもいない赤ん坊を、この取り決めの道具にするのは正しいことなの？

いいえ、私がそんなことはさせない。ぜったいに。ティアゴに考えを変えさせることはできないかもしれない。それは肝に銘じておかなければ。彼は骨の髄まで利己的な両親のせいで不幸な経験をし、そのために心に鋼の鎧《よろい》をまとってしまった。でも、私は過去から生き延びるすべを学んだ。だから、どんなことをしてでも乗り越えてみせる。

11

「ダニー？」

ティアゴが階段を下り、しっかりした足取りでキッチンへ向かってくる物音が聞こえる。ダニーは立ちあがると腕を組み、拳を握ってカウンターにもたれた。彼が入ってきても、微動だにしなかった。彼を見るのも、どんな形にしろ彼の呼びかけに応じるのも、耐えられなかった。

「大丈夫か、ダニー？　どうかしたのか？」

ティアゴはあっという間にダニーのそばに来た。シャワーを浴びたばかりで、体は温かく湿っている。

差し伸べられた手を押しやり、ダニーは横に動いたが、彼がその前に立ちふさがった。

「ダニー、何か言ってくれ」ティアゴは頭を下げ、彼女の目を見ようとした。

ダニーは顔をそむけた。「今、ものすごく怒っているから、うっかりしたことを口走りたくないの」

「なんのことだか、さっぱりわからない。説明してくれ」

「あやまってほしいの」

「だから、なんのことだ？」彼も今では怒っていた。

「あなたのメールを読んだのよ。いけないことだとわかっているけど、水を取りにここへ来て、うっかりパソコンに触れたら画面が見えて、リジーとあなたがやりとりしているメールが目に入ったの」

ティアゴが小声で自分をののしったのがわかり、ダニーは体の震えをとめられなくなった。

「説明してくれる？」穏やかに尋ねた。「赤ちゃんのことが取り引きの一部になっていたのを、なぜ私に話さなかったの？」

「それは、君がもうわかっているものと——」

「私が子供を産む可能性があるってことを？　ええ、もちろんわかっているわ。そのことをあなたと話し合おうとしたら、あなたははねつけた」

「はねつけたりはしていない」ティアゴが反論した。

「だったら私に言わせて。誤解がないように。もし幸運にも子供ができたら、この地球上の誰にも、私の腕から子供は奪わせない」

「それについては、説明しなければならない——」

「今になって説明するというの？」ダニーはかぶりを振った。「もう遅すぎる。わからないの？　あなたは私には言わないつもりだったんでしょう、ティアゴ？　流れにまかせておけばうまくいくはずだから、赤ちゃんが取り引きの一部だってことを私に言う必要はないと結論を出した、そうでしょう？　約束の一年が過ぎたら、私はお金を受け取り、大喜びで赤ちゃんを置いて出ていくと思ったのよ。どうしてそんなことが考えられるの、ティアゴ？　なぜ黙っているの？　私が真実に直面できないほど弱いと思っているの？」

「祖父の遺言状に書いてあったあんなたわごとは、なんの意味もない。法律に照らしても、あんなことが通用するはずがない」

「でも、今度の計画を進めていくどこかで、赤ん坊を引き取れるなら、なお都合がいいという考えがあなたの頭に浮かんだんでしょう？　そうでなければ、チコがそのことをリジーに話すわけがないもの」

「これは単なる話の種だったんだ」

「話の種？」

「チコと話していて気がゆるんで、軽率なおしゃべりをしてしまった。僕はまったく従う気はないのに、祖父のばかげた要求を話してしまったんだ」

「軽率なおしゃべりですって？　これが？」ダニーは怒りのあまり唇を固く引き結び、かぶりを振った。

「あなたは昔、プレイボーイとして有名だったころも、こんな話を〝軽率なおしゃべり〟として片づけていたの？　これは何日前のこと？　私は、あなたが変わったと考えるべきなのかしら？」彼女は軽蔑しきっていると言わんばかりに鼻で笑った。

「ダニー、僕は変わったんだ」

「そうなの、ティアゴ？」

「君が僕を変えたんだ」

「私はそれを信じるべきなのかしら？」

「君にすべてを話すつもりだった。だが、今日は話したくなかった。結婚の日をだいなしにしたくなかったから」

「でも、もうだいなしよ。むしろ、今すべてを話してくれたほうがいいわ」

ダニーは豪華な婚約指輪の隣につけた結婚指輪を勢いよく回した。何度も何度も。しまいには、指が傷つくのではないかと思えるほど。

「私が代わりに話しましょうか」ティアゴが黙っているのを見て、ダニーは言った。「あなたは私をお金で買った。だから、私が身ごもるかもしれない赤ん坊も買ったつもりになっていた。それであんなに多額のお金を振りこんでくれたのね。今、すべてが腑《ふ》に落ちたわ。スーパーマーケットの商法と同じ。一つ買ったら、もう一つはただっていう、あれよ」

「ダニー……」

「じゃあ、あなたならどう説明するのか、うかがいたいわ」ダニーはティアゴをにらみつけ、真っ向から対決するように肩を怒らせた。「あなたは私を傷つけただけでなく、侮辱したのよ。私の銀行口座にどう考えても多すぎる金額を振りこみ、その上いくつもの指輪やすばらしい馬をプレゼントして、私たちの関係がふつうに近いものだっていうふりさえした。最悪なのは、私もあなたに贈り物をしたってことよ。それにはいちばん大切な、私の心が添えられていた」

　胸の中でふつふつと怒りがたぎっている。ダニーは泣きだしそうになりながら指輪を乱暴にはずすと、カウンター越しに彼に投げつけた。

「家に帰ったら、あなたから振りこまれたお金は全額返すわ」

　ティアゴがはっとはじかれたように言った。「なんだって？　いつ家に帰るんだ？」

「私がここにとどまるとでも思うの？」

「もちろん君はここにとどまるさ」ティアゴの表情が猛々《たけだけ》しくなった。「君は僕の妻だ。僕のいるところが君の家だ。ほかのどこに君の居場所があるというんだ？」信じがたい思いでダニーが笑っても、彼は言い張った。「僕と一緒に来てくれ、ダニー。今すぐに。僕に説明させてほしい」

「説明ですって？」ダニーはつかまれた腕を振りほどいた。「この結婚は間違っているとずっと思っていた。言わなくてはならないことがあるなら、今この場で言って」

「こんなことになるとは思っていなかった」

「それは確かね」ダニーも同意した。

　ティアゴがいらだたしげに息を吐き出し、髪をかきむしった。「今夜だけは——」

「今夜も次の夜ももうないわ。私は大人なの。自分で自分のことを決めるのに、なんの不足もない年よ。取り引きはもうおしまい。私は家に帰るわ」

　ダニーは、怒りに燃えるティアゴの視線をひるまずに受けとめた。彼はこんな私を見たこともなかったに違いない。こんなに冷ややかで強情な私を。

「僕に説明させてくれないなら、せめて君にバスローブを取りに行かせてくれ」

「もうやめて」ダニーは怒りをたぎらせた。「私のことなんて気にもしてないくせに。嘘《うそ》つき」

「僕はいつも君のことを気にかけている」ティアゴ

が今までの口調をがらりと変えて言った。

　私が本気でここを去ろうとしていると気づいたのだろう。確かに、この薄っぺらな寝巻きでは別れの場にふさわしくない。「私、もう少しちゃんとした装いをするべきね」苦々しさを隠そうともせず、ダニーは言った。

「頼むから、ダニー……僕の話を聞いてくれ」

「あなたの話はひと言ももらさずずっと聞いてきたわ。問題は、あなたが話さなかったことのほうよ」

　ティアゴのそばを通り過ぎ、ダニーはドアのフックにかけてあった彼の乗馬用のジャケットを取って身にまとった。だぶだぶだったが、あらわになっていた体をおおい隠すには好都合だった。

「僕はいつだって君のことを一番に考えているさ、ダニー」

「そんなこと、聞きたくない」ダニーは冷たく言った。「何をいつ話すかは、自分が決めるべきだと思っているのね？」

「確かにそう思っていた」ティアゴが言った。「僕は子供のことをチコに話した。だが、そのときはまだ頭の中で考えていただけだった。もちろん、君にも話すつもりだった。チコがリジーに話し、リジーが君に話す恐れがあったから。それに、祖父の要求がまったく受け入れがたいものだと君に納得してもらうのは、僕の役目だから」

「でも、その話をいつするつもりだったの？　分娩《ぶんべん》室に入ってから？　それとも一年後の今日、契約の終了日に？」ダニーは絶望に駆られてかぶりを振った。「私をどんな女だと思っているの？」

「僕は、君が今あるがままの女性だから結婚したんだ。そう、僕たちの関係は取り引きから始まった。だが、君はもう、僕にとってそれよりずっと大切な存在になったんだ」

「光栄だこと」ダニーは嘲った。「じゃあ、今あなたは私を愛しているのね？　あなたが言いたいのはそういうこと？」

「そうだ、愛している」ティアゴは静かに認めた。

「状況が不利になったから、都合よくそんな言葉を出してきたのね。聞いて、ティアゴ。信頼のない愛なんて存在しない。そして、あなたは私の信頼を踏みにじった。愛のことなんかぜんぜんわかっていないのよ。あまりにも長く自分の感情を抑えこんできたせいで、もうぜったいに人を愛せないんだわ」

「とにかく、僕は君を傷つけたくなかった」

「それで、あなたは私を子供扱いしてどこかに座らせて、説明したいってわけね？　偉そうに。なのに私ったら、私たちは対等な存在として結婚したんだと思いこんでしまったのよ」

「僕たちは対等だ」

「もっと対等な夫婦はたくさんいるわ」ダニーは冷たく言った。「私は便宜上の花嫁になった。それはよくわかっている。でも、私の子供はどの子も、便宜上の赤ん坊として生まれてくることはないわ」

「僕はそんなことは考えもしないし、将来、考えることだってありえない」ティアゴはキッチンを出ていこうとするダニーの行く手をさえぎった。「僕たちの契約書には、君が見落としそうな小さい文字で印刷された条項はない。確かに祖父の遺言には子供についての記載があるが、それは祖父の思いこみで、法律的にはなんの効力も持たない」

「お気の毒ね。法律で縛れないなんて！」

「そんな皮肉は言わないでくれ。君らしくもない」

「以前はだまされやすいおばかさんだったのにと言いたいの？」

「違う！」ティアゴが大声を出した。

「だったら、ただ運がなかったとでも？」ダニーは言った。「あなたが私の母性本能を刺激しなければ、私はこの条件も受け入れていたかもしれない。でも、あなたはしくじった。私はあなたに恋していたのに、今夜は私の一生の中で最高の夜になるはずだったのに。最悪なのは、私があなたを変えられると思ったことよ」

「君はもう僕を変えた」

「私が？」ダニーは震える息をつきながら、顔を上げてティアゴを見すえた。「ポロの選手って、なぜ女とふつうに向き合えないのかしら。あなたたちが女の感情に配慮できないのは、忙しすぎるうえに偉大すぎるから？　女はあなたたちの役に立つためだけに生きているの？」

「君がピントスのような男のことを言っているのなら、今の言葉にも一理あるかもしれない。それに、この件では僕に非がある。最初から君に正直に話すべきだった。だが、僕は君を守りたかっただけだ。その方法が間違っていた。君が読んだメールの中には、僕が祖父の意見に同意していたとは書かれていないはずだ。あれは、現代では通用しない昔あった古くさい考えにすぎない。それに、祖父は墓の中から自分の遺志を強要することはできない。たとえ祖父が生きていたとしても、僕は祖父に勝手なまねはさせなかっただろう」疲れきったようにティアゴはかぶりを振った。「この件で僕は少しやりすぎたかもしれないが、それも君を愛していればこそだ」

「愛している、ですって？　その言葉の意味すら知らないあなたが？」

「やめろ、ダニー。今のは君の中にある不安が言わせた言葉だ。君は僕とそんなに違ってはいない。僕たちなら、これを一緒に乗り切れるはずだ」

「いいえ、一年も引き延ばす必要はないわ。あなたは牧場を手に入れた。私は責務を終えた。これ以上偽りの生活を続けなくてもいいはずよ」上にはおった彼のジャケットの前をきつくかき合わせながら、ダニーはかぶりを振った。「私はあなたが求めている答えを口にはできない。ごめんなさい、ティアゴ。あなたとは距離を置きたいの」

ダニーはティアゴの寝室で、ティアゴは客用寝室で、夜の残りを過ごした。これまでずっと自分の感情を閉じこめてきたせいで、今のような状況をどう打開できるのか、彼はわからなかった。怒ったり、癇癪《かんしゃく》を爆発させたりするダニーならまだいい。だが、冷たいダニー、悲しげに語りかけるダニーはお手上げだ。なぜなら、彼女は正しいことを言っているのだから。そして、過去の出来事が彼女の思いに影を落としている。確かに、彼女には時間が必要だ。

しかし、ティアゴはあきらめられなかった。ベッドから勢いよく起き出し、シャワーを浴びて身なりを整えると、ダニーのいる寝室のドアをノックした。

「さあ、起きてくれ。遠乗りに行こう」

二人は沈黙のうちに馬に鞍《くら》をつけ、一緒に遠乗りに出かけた。川のそばに来てティアゴが馬から降りるまで、どちらも黙っていた。

ダニーも馬から降りた。「それで?」

「それで?」ティアゴはおうむ返しに言い、川の向こうに目をやった。「いつ出ていくんだ?」

「なるべく早く」

ティアゴは歯を食いしばったが、反論しなかった。

「結婚生活の最初の日をこんなふうに過ごすとは思いもしなかったが、もともと結婚するつもりもなかったから。子供のころから、両親がどなり合ったり、祖父からもらった金の残りをどう使うか言い争ったりするのを見てきた。だから、結婚したいなんてぜんぜん思わなかった」

「お祖父《じい》さまに結婚を強要されるまでまったくその気がなかった。そういうことなのね、ティアゴ?」

「そうだ」ティアゴはぶっきらぼうに答えた。

「あなたはリジーの結婚式で花嫁候補をさがしてい

た。私が文字どおりあなたの胸に飛びこむまで」

「ああ。僕は若い女性たちの一団を観察していた。そして、君は僕のリストの中ではトップに近いところにいた」

「近いところ？」ダニーがそっけなく言った。目は川の向こうを見つめている。

「そうだ。僕の計画に引っぱりこむには、君はあまりにも繊細すぎると判断したんだ」

「そして今は？　どう思っている？」ダニーが向き直って、冷ややかにティアゴを見た。

「君に関しては判断を誤った」彼は素直に認めた。「君はどんな挑戦にも耐えられる強い女性だった」

「ええ、いつも喜び勇んでなんにでも挑んだ」ダニーはかすかにほほえみながら過去を振り返った。

ティアゴは何も言わなかった。

「でも、今回は私も判断を誤った。あなたに恋をしてしまったんですもの。昨日のばかげた結婚式が理

にかなっていると思えるくらい、あっという間にあなたと親密になってしまった」

「祖父には妄想癖があったんだ。考えてもみてくれ。あんな子供時代を過ごした僕が、自分の子供たちにはもっと幸せな生活を送らせたいと願わないわけがないだろう？　子供たちが自分は買われたんだと思いながら大人になっていくことなど、ぜったいにあってはならない。そして君は……」ティアゴは言葉を切り、ダニーをじっと見つめた。「僕が妻と呼べることを誇りにできる、すばらしい人だ」

「それはあくまでこの取り引きをやめた場合に言えることよ。あなたはやめることができるの？」

ティアゴは顔をしかめた。「この結婚はもう取り引きじゃなくなっている」

「でも、私はまだ取り引きだと感じている」

「じゃあ、僕はどうすればいい？　君がそう感じないようにするには？」

「自分でもわからない」ダニーは正直に言った。「私はあなたから物質的な豊かさを与えてほしいと思ったことは一度もないけれど、それはこの取り引きの一部になってしまっていた。そんな自分自身に我慢ができないんだと思うの。この取り引きの本当の代償について深く考えなかった自分に」

「君は羽を広げて飛び立ちたかったんだ」ティアゴは熱をこめて言った。「そう思って何が悪い？　そして、今でも君は飛び立てる。冒険という名の美酒を味わえるんだ。ここで」

ダニーを説得できたとティアゴは思ったが、彼女は元の場所に戻り、馬にまたがった。

「私もあなたに何かを捧《ささ》げたい。そのためには、自分が価値のある人間だと証明する必要があるの」

ティアゴは降参のしるしに両腕を広げた。「君は間違っている。僕に何かを証明しなければならないなんてことはない。ただ、金だけは持っていてくれ。君自身の未来のためには、金が必要だ」

「私が求めたのは、あなたよ……」ダニーは言った。「そしてあなたの愛。ともに歩む人生を求めていた」

「それなら、今でも手に入れることができる」ダニーが母屋のほうへ馬を向けるのを見て、ティアゴは体を硬くした。「じゃあ、君はあきらめるんだな？　僕たちのために戦うことさえしないんだな？」

「僕たちのため？」ダニーはきき返すと、手綱を取った。「ティアゴ、あなたと私は〝僕たち〟と言える関係じゃないわ。そういう関係になったことは、これまで一度もない。私は自分の人生を生きなければならないの。あなたもね」

「だが、僕は君を愛しているんだ」

ティアゴは私を愛している。でも、私の心は混乱している。

「どこへ行く？　これからどうするつもりだ？」テ

ィアゴが尋ねた。

「スコットランドに戻って、仕事をさがすわ」

「君にはすばらしい経歴があるから、仕事はいくらでも見つかるだろう。だが、それで満足してはいけない」

「心配しないで。私が心に決めたことがすべてだめになったわけじゃないもの。もう一度人生を立て直して、前に進むわ」

「君が前向きなのを疑ったことはない。だが、ロッティングディーンに戻ることが、前に進むことになるとは思えない」

「そうかもしれない。でも、とにかく私は、もうぜったいにあと戻りはしないから」

12

ティアゴは降りつづく小雨を防ぐために襟を立てて馬に乗っていた。からっぽの家に帰るむなしさを思い、歯を食いしばりながら。

なぜ、さっさと自家用機の飛行計画を当局に出さなかったのだろう？　ダニーがいないと、どんな日であれ小雨の降る陰鬱な日のように感じられる。彼女がいなくなって、もうひと月以上たつ。その間、誰一人、いなくなった花嫁について尋ねなかった。誰もきく勇気がなかったのかもしれない。

虚無感が大きな穴をうがっているような日々を、ティアゴはこれまでよりもっと長く働き、もっとしじゅうポロをすることでやり過ごしてきた。牧場にいくつか改善をほどこしたが、ダニーがそれを気に入ってくれるかどうかがまず頭に浮かび、自分に腹を立てていた。そんな心遣いをしてなんになる？

ティアゴの雇っている調査員たちは、ダニーが古巣のロッティングディーンの仕事に戻らず、自立の意思を通して地元の厩舎《きゅうしゃ》で働いていると、報告書を送ってきた。彼女の自立心は尊敬するが、だからといって、自分たちの関係を元に戻すことをあきらめるつもりはなかった。

そう、〝僕たちの関係〟だ。結婚そのものはほんの五分間だけだったかもしれないが、二人の間の絆《きずな》は、祖父の弁護士を黙らせるためにサインした一片の紙切れよりも強いものだったはずだ。

ティアゴは手綱を取りあげ、家に向かった。ダニーをこんなに思っているなら、なぜ僕はまだここにいるんだ？

ティアゴは自家用機を操縦していた。ジェット機の速さでもじれったいほど心がはやっていた。無駄にした時間を思い、自分をひどくののしった。

スコットランドに到着すると、レンタルしておいた四輪駆動車に飛び乗った。待つことも、休むことも、眠ることすらせずに。ダニーに会えるという期待だけで、目がさえていた。

空港からまっすぐにダニーが働いている牧場に車を飛ばした。もしかして彼女は人里離れた山間《やまあい》にいるのかもしれないと思っていた。だとしたら、残りの人生をずっとそこで過ごすつもりなのだろうか？

ダニーに気づくと、ティアゴは心臓をわしづかみにされたように感じた。こんなに簡単につかまえられるとは思っていなかったが、彼女はふだんのように若い雄の子馬を運動場で調教していた。彼は車から降り、そのようすを立ったまま見守っていた。自分のメソッドをダニーがしっかりと学び、実践しているのを知り、思わず笑みが浮かんだ。遠くから彼女を見ているのは、ひどい拷問を受けているのと同じくらいつらかったが、それでもうれしかった。そして、こうなったのも自業自得だと納得していた。

ダニーを再び見ただけで、自分がいかに彼女を愛しているかがわかった。彼女のいない人生などなんの意味もない。昼は彼女に恋い焦がれ、夜は横になっても彼女のことばかり考えて眠れなかった。

二人が別れたとたん、ゴシップ攻勢が始まった。マスコミがこんな格好のねたを取りあげないわけがない。タブロイド紙の記者の一人は、〝ティアゴに結婚は無理だった〟と書いた。人の不幸を喜んでいるのは確かだ。ダニーもあの記事を読んだに違いない。そう、僕たちの結婚はふつうのものではなかった。だが、ダニーもありきたりの花嫁ではなかった。

僕が望んだ唯一の女性なのだから。

ダニーが調教を中断したのに気づき、ティアゴは緊張した。僕がいることを感じ取ったのだろうか？彼女がどう思っていようと、僕たちはお互いの存在を感知できる仲なのだ。

ダニーがゆっくりと振り返り、まっすぐにティアゴを見つめた。視線を合わせながら、彼は言葉にできないほど激しく心を揺さぶられていた。そして、ダニーが子馬のほうに再び顔を向けて話しかけ、耳をやさしく撫《な》でる間、その場に微動だにせず立ちつくして、彼女のすべての動きをむさぼるように見ていた。ダニーは運動場を出るとゲートを閉め、ティアゴのほうに歩いてきた。一歩進むたびに、彼はダニーと自分が結ばれる運命にあり、どんなことがあってもよりを戻すのだと決意を強くした。

近づいてくる彼女に、ティアゴはほほえみかけた。

「元気だったかい？」

「ええ、元気よ」

言葉とは裏腹に、ダニーは元気とはほど遠い、血の気のない顔をしていた。すぐにそばまで来ようともせず、ただ穴のあくほど彼を見つめている。

「どうしてはるばるスコットランドまで来たの？」

彼女のスコットランドなまりがたまらなく懐かしい。「古い友人を訪ねてきたんだ」

「チコとリジーね？」ダニーが眉根を寄せた。「もうすぐポロの試合があるのね。知らなかった。チコと練習するために来たの？」

「僕は君に会いに来たんだ、ダニー」

ダニーはすばやく息を吸いこみ、荒々しく吐き出した。息が寒さで白くなった。

「僕はできる限り我慢して君から離れていた」

「だって、私たちは合意したはずよ――」

「僕は何も合意したつもりはない」ティアゴはさえぎった。「出ていったのは君だ、そうだろう？　冷静に考える時間が欲しいと言って。だから君に時間をあげたんだ」

「マスコミが騒ぎはじめたからここに来たの？」

「ばかなことを言わないでくれ。僕たちの結婚は僕たちだけの問題だ。そして、誰もサントス牧場に指一本触れることはできない。譲渡証書は僕の金庫に入っていて安全だ。だから、僕はもう〝便宜上の花嫁〟を求めて品定めをする必要はなくなった」

自分が以前に使った言い回しがティアゴの口から出るのを聞き、ダニーはかすかにほほえんだ。「だったら、どうしてあなたはここにいるの？」

「僕たちはもうじゅうぶん距離を置いてきた。牧場のみんなが君に会いたがっている。リジーとチコも。ああ、ダニー、僕も君がいないと寂しくてたまらない。僕たちのところに戻ってきてくれ」

ダニーは黙っていた。ティアゴはところどころ壊れた柵やはがれたペンキ、手入れをしていない中庭を見た。この牧場は荒れはてている。

「ここで働くことで、君が何を証明できるのかわからない。賭けてもいい、この牧場を維持するために、君はきっと十八時間勤務をしているはずだ」

ダニーは口を固く引き結んだが、彼の言葉を否定しなかった。

「誰もが、君は立派に自立していると認めるだろう。だが、どうしてこんなところに独りでいる？　なぜ自分を罰しているんだ、ダニー？」

「私はただ生計を立てているだけよ」ダニーはあっさり答えた。「そして、あなたのお金なしでやりくりしている。なぜ私がこんなふうに生きていくべきなのか、リジーならきっとわかってくれるわ」

「リジーはわかってくれるだろうが、君のことを心配するのもやめられないだろうな。これでいいと思っているのか？　どうして君を大切に思っている人たちから距離を置く？　なぜ僕たちを遠ざけるんだ？」

「不思議ね。あなたは以前、そんなに感情をあらわにすることなんて一度もなかったのに」

「そして君はいつも気持ちを表に出していたね？」

ダニーは体の向きを変え、落ち着かなげに、そして不安そうに、その場にたたずんでいた。「会いに来てくれてありがとう」彼女はついに口を開いた。「あなたの心遣いには感謝するわ。でも――」

「頼むよ、ダニー、僕は君のかかりつけの医師なんかじゃない。君の夫なんだぞ」

「一夜限りのね」ダニーが言った。「この牧場はあなたにはたいしたところではないように見えるでしょうけど、私はここで楽しく働いているの」

「君は馬に関わることならどんな仕事でも楽しくこなすさ。ここでは正式に雇われているのか？」

ダニーは顎を上げると、乗馬用手袋をむしり取るようにはずし、冷えて赤くなった手に息を吹きかけた。「永遠に続くものなんて何もない、そうよね？」

ティアゴはかぶりを振り、ダニーの皮肉を無視した。ほかのときなら、ダニーの手をつかみ、自分のジャケットの内側に入れて暖めただろう。だが、彼女は今、怒りっぽい子馬と同じだ。僕がいきなり動けば、驚いて逃げ出してしまうに違いない。

ティアゴは臆さず、誘いをかけた。「町でランチを一緒に食べないか?」

ティアゴの正気を疑うように、ダニーが彼を見た。

ティアゴは肩をすくめた。「僕は腹が減った。それにもう昼どきだ。再会を喜ぶ場所としては、ここは寒すぎる」

「でも、私たち、何を話すの?」

「話題なんて、何かしら浮かんでくるものだよ」

ダニーが今、ロッティングディーンにある静かなティールームで、野性味あふれる男性と一緒に座っている理由は一つだけだった。そう、夫を無視するわけにはいかないからだ。

「私の職場について知りたい?」ダニーは無難な話題を提供した。

「話してくれ」ティアゴはかすかな笑みを浮かべ、華奢《きゃしゃ》なテーブルを見おろして、なんとか脚を楽にしようとしていた。彼が脚を伸ばしたら、テーブルが引っくり返ってしまいそうだった。

「あなたは大柄すぎて、この場所には似合わないわね」ダニーがティーポットをしっかり押さえながら言った。

「大柄すぎて、文明社会では通用しないと言いたいのか?」

ダニーはティーカップをのぞきこんで顔を隠した。

「それで?」ティアゴが促した。彼女が答えに窮しているのをおもしろがっているようだ。「君の職場は……」

「あれは借地なの」話題が元に戻り、ダニーは顔を上げてティアゴを見た。「地主はよそに住んでいて、いくつか同じような牧場を持っているのよ。それで、私がその全部を経営することを考えてみないかと言っているの」

「本気でそんなことを?」

「邪推しないで。彼は私の祖父と言ってもいいくらいの年なの。いつ引退してもおかしくないわ。お茶をもっといかが?」

ダニーの堅苦しい口調に、ティアゴがおもしろくなさそうに目を細くした。

「この椅子に座っていると、自分が巨人に思えてくる」

居心地悪そうに身じろぎする彼を見て、ダニーは笑いをこらえた。「急に動いたら、椅子が壊れるわよ」

ティアゴに見つめられ、ダニーは体の隅々までが熱くなった。彼独特の魅力に抵抗するのはむずかしかったし、彼の腕に抱かれたときの感覚を忘れることができなかった。今では店内にいるすべての女性が彼のほうをじっと見ている。

「そろそろ出ようか?」ティアゴが言った。

帰りかけたところへ、ティールームのドアベルが鳴り、ロッティングディーンの森番のヘイミッシュとその仲間たちが入ってきた。ヘイミッシュはティアゴを見て挨拶した。その場の緊張がゆるんで、ダニーはほっとした。

ヘイミッシュがあいているテーブルを見つけて行ってしまうと、ティアゴはダニーのほうを向いた。「今夜、ディナーに付き合ってくれないか」

ダニーは彼の目を見てほほえんだ。「私をデートに誘っているのね?」

ティアゴはわずかに顔をしかめたが、目は笑いに輝いていた。「そうだな」

きっと大丈夫。共通の知人についておしゃべりをするだけだから。会話にしろ、そのほかのことにしろ、無難な範囲にとどめればいい。

「しかめっ面をするのはやめたらどうだ、ダニー？　食事をして、お互いに近況を話すだけだ。そのあと君を家まで送るよ」

そう、それだけのこと。でも、どうして物足りない気分になるのだろう？

「そうね」ダニーは同意した。「いいわよ」

ティアゴはいたずら好きの少年に戻ったようにほほえんだ。「キャンドルの明かりのもとでのディナーは、セックスへの前奏曲だと知っているね？」

「そんなことを企《たくら》んでいるのなら……」ダニーは、周囲のテーブルについている良識的な町の人々が熱心に二人の話に耳を傾けているのに気づき、あわてて言葉をのみこんだ。

「あの人たちは僕に好意を持ってくれていると思うけどね」ティアゴは愉快そうに言うと、ダニーの手を唇に持っていった。

「やめて！」ダニーは手を引き抜いた。「夕食はご一緒するわ。それ以上のことはなしよ」

「僕はそれで満足だ」ティアゴが請け合った。「セックスは今宵《こよい》のメニューには載せないことにする」

それを聞いて、かえってダニーは不安になった。なぜ彼はセックスを望まないの？　誰か別の人をもう見つけたの？　そう考えただけで胸が悪くなってくる。

「あなたには別の企みがあるの？」

ティアゴがテーブル越しに身を乗り出してきて、ささやいた。「僕がプレイするのはポロだけだ」

「それだけ？」ダニーはまだ緊張を解かなかった。

「もちろん、馬とマレットがいらないゲームも、レパートリーには入っているけどね」

13

ダニーはいつも冷静に、慎重に考えたうえで行動してきた。少なくともそうするように自分に言い聞かせてきた。だが、今夜は別だった。さっきからものすごい勢いで部屋を行ったり来たりしている。何を着ていくべきだろう？　ヘアスタイルはどうすればいいだろう？　迷うことばかりだった。

あと五分でティアゴが迎えに来てしまう。クッキーを焼いたのが失敗だった。スコットランドの本物のもてなしの精神をティアゴに知ってほしくて、祖母秘伝のレシピをもとに焼いたものだった。小さなセロファンの包みにして、タータンチェックのリボンで結んである。ささやかな贈り物だけれど、時間に間に合わせるにはそれで精いっぱいだった。

ティアゴはシャワーを浴びて髭《ひげ》を剃《そ》り、はねている髪をできるだけ撫《な》でつけた。ジーンズの上にジャケットをはおって、ネクタイまで締めた。それから鏡をのぞいた。まるで葬儀屋みたいだった。彼は髪をくしゃくしゃにし、ネクタイを投げ捨て、シャツのボタンを上から二つはずして、セーターを着た。これで少しはましになった。

ダニーは凍《い》てつくような寒さの中で玄関ドアの外に立ち、ティアゴを待っていた。家の中を見られたくないらしい。それに牧場は、昼間見たときよりさらに殺風景に見えた。気に入らない。こんなところにダニーが独りぼっちで住んでいるなんて。

「外で待っていなくてよかったのに」ティアゴは急いで四輪駆動車のほうに彼女を導いた。

「あなたを待たせたら悪いと思って」ダニーは一歩

下がって彼が車のドアを開けるのを待った。「どこへ行くの？」

「言えない」

「言うことができないってこと、それとも、言うつもりがないってこと？」

ティアゴはほほえんだ。「ご想像にまかせるよ」

「だったら、今夜は行かないことにしようかしら」

「いや、君は来る」ティアゴは自信満々だった。

「君は冒険を拒めないはずだから」

今夜はダニーのすべてを受け入れるつもりだった。今夜のために彼女がドレスアップしているのがうれしくて、たちまち下腹部がこわばった。たとえ彼女が厩舎《きゆうしや》を掃除した直後だったとしても、喜んでデートをしただろうが、幸運にもそんな事態は免れた。ダニーはなじみのある野生の花の香りを漂わせ、ごく薄く化粧をしていた。夫に完全に興味を失っていない証拠だった。

「今夜はふざけっこはなしよ」ダニーが警告し、いつものしかめっ面をした。それを見て、ティアゴは彼女を引き寄せ、激しいキスを浴びせたくなった。

「どこに行くのか教えてくれないなら、ここから一歩も動かない」

態度を改めたほうがよさそうだった。「まったく新しいところに連れていくつもりだ」

「ティアゴ」ダニーは忍耐強く言った。「このあたりには新しいところなんてないわ。ここはスコットランドで、それもハイランド地方なのよ。千年もの間、何も変わっていないわ」

ティアゴは愉快そうにほほえんだが、彼女の挑発には乗らず、ゆっくりと運転席に乗りこんだ。

「こんなところ、あったかしら？」しばらくして車がターンし、両側に雪を頂いた雄大な松の並木がある私道に入ったとき、ダニーは驚いて尋ねた。私道は最近新しく舗装されたばかりのようだった。

「こっちが教えてほしいよ。君が言う何も変化のないロッティングディーンに、生まれたときからずっと住んでいるのは君だろう？」

「でも、たしかここは、ずっと放置されていたはずよ」ダニーが窓から外を見て、不思議そうに言った。

「もうそんなことはない」

ダニーは体の向きを変え、穴のあくほど彼を見た。

「どういう意味？」

「僕がここに住んでいるからだ。これから、少なくとも一年の大半をここで過ごすつもりだ」

衝撃に満ちた沈黙が広がった。

「驚かせてすまない、ダニー。ただ、君は僕と長いこと話そうとしなかったから……」ティアゴは肩をすくめた。「今、知ってもらったほうがいいだろう。君の近所の住人としてこの家に住んでいたら、いつかは君に気づかれるだろうから」

「きちんと説明してくれる？　あなたはこのロクマグレンの地所を買ったと言っているの？」

「それに、ウイスキーの醸造所もね」

「ここでビジネスを始めるつもり？」ダニーが目をまるくした。

「スコッチウイスキーが好きだから」

「ティアゴ！」

「ロクマグレンは僕のビジネス帝国の一部になる。僕はぜったいに損はしない。投資するなら、それなりの利益が見込めるところにする」

「その原則は私にも当てはまるの？」ダニーがさりげなく尋ねた。

「君は金を送り返してきた」

「ええ」ダニーが満足げに言った。

ティアゴはそのことには触れずに話を続けた。

「この地所を買ったのは、いい牧草地があったからだ。もっとも、僕が雑草との戦いに勝てるとしてだが。ここには新しく馬の調教施設を作るつもりだ」

「でも、あなたはもう、すばらしい調教施設をブラジルに持っているじゃない」

「ブラジルは世界の反対側にある。僕は今からスコットランドでビジネスを始めたい。ヨーロッパでの事業展開の手始めとして」ティアゴは当然のことを口にするように淡々と言った。

「私があなたのために働くなんて思わないで。今の仕事でじゅうぶん満足しているんだから」

「そうか」ティアゴはそっけなく言った。「そう聞いて、こんなにうれしいことはない」

ダニーの顔に今浮かんだのは失望の色だろうか？

「ああ、アニーが来ている！」ティアゴが声をあげた。彼は古い建物の階段の前に四輪駆動車をとめた。元は牧師館だった建物で、階段は頑丈な玄関ドアへと続いていた。

ヘイミッシュの妻で、ロッティングディーン・ハウスで長年家政婦を務めるアニーが、手伝いに来てくれていた。階段の途中に立ち、二人を歓迎しようと待っている。

「あなたって本当に抜け目のない人ね」ダニーはアニーに挨拶の手を振りながら言った。

「そうとも」ティアゴは否定しなかった。「アニーと君の再会の機会を作ったのさ。さあ、中に入ろう。アニーは君を甘やかしたくてうずうずしている」

「甘やかしてもらう必要はないわ」

「そうかな？」ティアゴはダニーの体越しに手を伸ばして助手席のドアを開けた。「目の下に隈《くま》ができているじゃないか。働きどおしだったんだろう？」

「あなたには関係ないことよ」

ダニーはそっぽを向いた。だが、ティアゴは自分で調べあげていた。ダニーは所有者の経済的援助もないのに、つぶれそうな牧場をたった一人で立て直そうと悪戦苦闘していた。誇り高く、誰の助けも受けようとしていなかった。援助を受けるに値する働きをしていたにもかかわらず。けっしてあきらめず、全身全霊で苦難に立ち向かっていた。こんなに疲れて見えるのも無理はない。くたくたになっているに違いないのだから。

「君の勤務時間はどうなっているんだ？」ティアゴは手を貸してダニーを車から降ろしながら言った。

「必要とされるときはいつでも働いているわ」

そうだろうとも。

「今は将来のための基盤を作っているの。前に言ったわよね？」

「あそこでは基礎固めはできない。君に公正な賃金さえ払えないんだから」

ダニーはそれには応じなかった。「私、今夜の豪華なディナーにふさわしい服装をしている？」

ティアゴはほほえんだ。彼女は以前から、皮肉の応酬を楽しむ機会があれば逃さなかった。これは幸《さい》先《さき》がいい。「完璧だよ」彼は言った。

どんなに疲れているにせよ、ダニーはいつも美しく見えた。身なりにかける予算が限られているにもかかわらず、ティアゴの目にはいつも女王のように映った。今夜、彼女はシンプルなモスグリーンのウールのワンピースを着ていた。靴は――乗馬用ブーツをはいていないというだけで、すばらしい。だがダニーには、以前デートをした華やかな女性たちの誰とも引けを取らない、自然な優雅さがあった。

「今夜、私がここへ来た理由だけど……」階段をのぼる前にダニーが言った。

「理由？」ティアゴが先を促した。

「あなたはこの町にはなじみがないし、無視するのは失礼に当たるからよ」

「そう、君は僕の妻なんだから、僕を無視するのはものすごく失礼だ」ティアゴは同意した。「さあ、行こう。アニーを待たせてはよくない」

アニーはダニーをさっと抱きしめ、それから一緒に階段をのぼって、家の中へ、心温まるぬくもりの中へといざなった。

「おいしい夕食を用意したわ。図書室に運んでおいたの。くつろげるようにね」アニーは息をはずませて言うと、二人を案内した。ティアゴは女性二人のあとから図書室に入った。二人の親しげなようすと、ダニーのうれしそうな顔を目の当たりにして、心がなごんだ。アニーにここへ来てもらったのは大正解だった。彼女がいることで、ダニーはすっかりくつろいでくれたのだから。

「この部屋、本当にすてきね」ダニーがティアゴのほうを向いて言った。

「ありがとう」

ティアゴはこの図書室が自慢だった。子供のころから夢見ていたとおりに部屋をデザインしたのだ。手を貸してくれたデザイナーは見栄えを優先し、セットになっている本をまとめ買いすることを勧めたが、彼はその提案を受け入れず、自分で一冊ずつ吟味し、スコットランドまで送らせたのだった。

今、暖炉には赤々と火が燃え、テーブルにはアニーが作った料理がところ狭しと並び、部屋の真ん中には愛する女性が立って、壁を隙間なく埋めつくしている本に見とれている。これで、図書室はさらに完璧なものになった。

そうとも。僕は彼女を愛している。この世の何よりも、彼女を大切に思っている。

「信じられない。道のすぐ先でこんなに大がかりな工事をしていたのに、ぜんぜん気がつかなかった。私ってほんとにばかみたい」

「そうじゃない」ティアゴがそう言ったとき、アニーはほほえみながら二人を残して出ていった。「僕のスタッフは精鋭ぞろいだ。村が大騒ぎにならないように指示しておいたら、忠実に言いつけを守って作業をしてくれた。それに僕は、空に横断幕をなびかせて、工事に注意を引くこともしなかった」

「そのうえ」磨き直された暖炉の表面に指をすべらせながら、ダニーは続けた。「あなたはすべてを昔どおりに保存しながら修復した。本当にすばらしいことだわ、ティアゴ」

「気に入ってくれてうれしいよ」

ティアゴは古いものに新しい息吹をそそごうと力を尽くし、その苦労は報われた。ダニーが来てくれたのだから。図書室は広々として、新しく手を入れた庭に通じるフレンチドアがあり、風通しがよかった。部屋の中央には大きなオークのテーブルがあり、ティアゴが書類をいっぱいに広げて仕事をするのにおあつらえ向きのスペースが確保されていた。彼女は新しい発見をするたび、驚きに頭を振り、そのたびに髪が光を受けて黄金のように輝いた。顔は幸福感にあふれ、疑いの影は消えていた。まるで二人が別れて暮らしていたことなどなかったかのように。


そのとき、ダニーがはっとしたように頭を上げ、椅子に置いたバッグのところに急いで戻った。バッグの中をかきまわし、少しつぶれたクッキーの包みをさがし出して、彼に差し出す。「ちょっと壊れてしまったかもしれないけれど、あなたのために焼いたの。スコットランドに古くから伝わるショートブレッドよ。ここを訪れた人に手渡すのが習慣なの。またここへ来てくれるようにという願いをこめて」

「そして、君はそう望んでいるのか？」

ティアゴに見つめられ、ダニーの頬が赤く染まった。彼女の贈り物にティアゴはわくわくした。かつてシークの娘から贈られたアラブ種の種馬よりも、ある国の王女から贈られたとてつもなく高価な腕時計よりも、この少し砕けたクッキーのほうが大きな意味があった。

「さあ、食事にしよう」ティアゴは体を引いて場所を作った。「アニーがごちそうを作ってくれた。よかったらあとで家の中を案内するよ」

「もちろん見たいわ……」ダニーは彼の手並みのすばらしさに思いをはせて眉根を寄せた。「図書室だけでもこんなにすばらしいんですもの、あなたは家のほかの部分にも魔法を使ったんでしょうね」

「その判断は食事のあと、君にまかせるよ」

しばらく離れていたせいで彼を過小評価していたのだろうか？　ティアゴが視線をそらすと、ダニーは落胆で胸が締めつけられた。彼がこちらを見ると、今度は息が苦しくなる。頭を冷やして、彼と距離を置こうと決めていたのに……。

落ち着き払っているティアゴに冷静に接することはむずかしくないはずだった。でも、自分の思いを内に秘めておくことはほぼ不可能だった。ダニーは山ほどききたいことがあった。もうティアゴが妻を必要としていないなら、二人の間に何が残されているのかとか。

答えはすでにわかっているのかもしれない。彼の態度がそれを示している。恋人というより古い友人のように私に接している。私はこの新しい状況に適応し、期待される役割を果たすしかない。

夕食後、二人は家の中を見て回った。ティアゴは前を歩くダニーのモスグリーンのワンピースが豊かなヒップにまつわり、美しい胸の曲線をくっきりと際立たせているのに気づかないふりをした。それにはかなり努力が必要だったが。代わりに彼は、妻の生き生きとした顔や輝く瞳に意識を集中した。

ありがたいことに、ダニーのおかげでそれまで気づかなかった自分自身を発見することができた。自分は牧童《ガウチョ》でありプレイボーイであるほかに、常にベストを尽くそうと決意している男であることを知ったのだ。そのせいで女好きの自分がおとなしくなったとしてもかまわない。

「私、ここにいるあなたが好きよ」家の中を見回しながら、ダニーが言った。「ここではあなたが人間らしく見える」

ティアゴは笑った。「ブラジルでの僕は幻影なのか？」

「いいえ、野蛮人よ」ダニーが即座に言い切った。

「ほかに僕のことを言い表す言葉はないのか？」

ダニーが頬を赤く染めた。答えは明らかだ。

ダニーはこの家のインテリアについて的確な言葉で感想を述べたが、ティアゴの頭の中は、彼女をベッドに連れていき、夜じゅう喜びを与えることと、ここでは彼女があげる歓喜の声を抑える必要がないという思いでいっぱいだった。

注意力散漫になりながらも、ティアゴはダニーに話を合わせた。インテリアは控えめにし、良質の素材を使って、イメージはカントリー・カジュアルで統一した、などと。うれしいことに、彼女はインテリアの色使いが気に入ったらしい。だが、正直なところ、目の前に、血が通い呼吸している芸術の傑作が立ち、服を脱がされる瞬間を待っている今、彼は美しい色使いや高価な芸術作品について、熱をこめて論じる気はなくなっていた。

「財力を見せびらかしすぎていないのがいいわ」ダニーの言葉に、ティアゴは笑った。「デザインは誰に頼んだの？」

「誰にも」

ダニーが彼の唇に視線を落とした。「この家のデザインを、あなたがみんな手がけたの？」

「図書室以外はすべて。家の中をもっと見たいかい？」ティアゴは彼女を階段のほうへと導いた。

「ええ、もちろんよ」

14

ティアゴの寝室は、柔らかな色合いの木材と色鮮やかなカーテンが大部分を占めていた。じゅうぶん防寒対策をほどこした家にいてすら、冷酷に吹きすさぶ風と凍りつくような寒気に何カ月もの間襲われるハイランド地方には、こんなインテリアが必須だった。落ち着いた蜂蜜色の濃淡で統一された趣味のよい装飾品が置かれ、ベッドには糊《のり》のきいた真っ白な麻のシーツが敷かれていた。本が何冊も積まれたナイトテーブルがベッドの両側にあり、それぞれに優美なランプが置かれている。

ティアゴがすぐ後ろにいるのを感じ、ダニーは振り向いた。もう少しでぶつかってしまうところだった。彼はダニーを見ていた。君の考えていることはお見通しだと言わんばかりに。

「そろそろ家に帰るのか、ダニー?」

ティアゴの言葉には有無を言わせぬ響きがあり、ダニーは帰るしかなくなった。ドアのところに行きやすいように、彼は後ろに下がってさえいる。

「いろいろ見せてくれてありがとう」ダニーはなんとか笑みを浮かべた。がっかりしていないふりをするのはむずかしかった。今夜がこんなに早く終わってしまうなんて。「すばらしい家ね」彼女は心から言った。「ここで幸せな生活を送れるといいわね。もちろん、ブラジルでも」

ティアゴはダニーを玄関まで案内し、ジャケットをはおるのに手を貸した。今夜はずっと、完璧な紳士だった。それ以上何も期待できないとわかってはいたけれど、ティアゴとまた関わりを持ったことで、ダニーは心をかき乱されていた。彼は自分の人生を思いどおりに生きようとしている。その点では私も同じ。そんな二人が妥協しながら生きていけるなどと、どうして思ったのだろう?

エスコートされて車に乗りながら、ダニーは悟った。結局、二人はうまくいかなかったのだと。

なぜティアゴはスコットランドの地所を買ったのだろう? チコの影響ではない。誰もティアゴに影響を与えることなどできない。ただ、彼がハイランド地方に魅了されたというなら理解できる。この土地に恋をしない人などいないのだから。自然のままの景観はすばらしく、この土地は実業家である彼にとって完璧な本拠地となるだろう。でも、疎遠になった夫がすぐ近くに住んでいる事実と、私はこの先どう向き合っていけばいいのだろう? 彼が新しい恋人を見つけたら? その人と彼との間に子供ができたら? 私は傍観者として、何も感じないでいられるだろうか?

「気分でも悪いのか?」いつまでも黙っているダニーに、ティアゴが尋ねた。心配そうな表情がちらりと顔をよぎった。

「いいえ、大丈夫、ありがとう」ダニーはもう黙っていられなくなって尋ねた。「毎年、あなたはどのくらい長くここに滞在するつもり?」

「なりゆきしだいだな」

続いて何か言うかと思っていたが、ティアゴはそれ以上考えを明かさず、凍りついた道路に注意を集中していた。

「明日、僕の地所で遠乗りをしよう」

ダニーははっとして頭を上げたが、すぐに自分の義務を思い出した。「無理だと思う」

「仕事があるから?」

「そうよ」

「君は休憩を取れる。実は、もう君の雇い主と話をつけてあるんだ」

ダニーは顔をしかめた。「それなら、まず私に話すべきだとは思わなかったの?」

「許してくれ」

ティアゴがおどけたような微笑を向けてくる。これを見ると、すべてを許してしまう。

「急に思いたってね」ティアゴが弁解した。

「気まぐれに私の人生に入りこんできて、主導権を握ろうとするのはやめてほしいわ」

「玄関まで送ろうか?」まるでダニーの言葉が聞こえなかったように、彼は平然としている。

「そんな必要はない――」

ティアゴはまたもや無視し、車を回って助手席側のドアまで来ると、ダニーが降りるのを手伝った。彼に触れられ、ダニーは体に電流が走るようだった。怒りがおさまらないまま、彼女は身を引いた。雇い主のことを考えていた。有名なポロ選手がやってきて、あなたのスタッフに休憩時間をやってくれと頼まれて、彼はどう反応しただろう?

「今夜はお招きいただいてありがとう」玄関の前で、ダニーは顔をティアゴに向け、堅苦しく言った。「でも、これからは、ここで生計を立てている私のじゃまをしないでいただきたいの」

ティアゴはイエスともノーとも取れる角度に頭を傾け、ほほえんだ。そして、ダニーの手から鍵を取ってドアを開けた。肩をつかまれたとき、ダニーはたじろいだが、その感触にすぐに体から力が抜けた。そうせずにはいられなかった。二人の絆《きずな》は何があっても強く、それを断つことはできなかった。

「おやすみ、ダニー」ティアゴが頭を下げ、ダニーの頬に軽くキスをした。

「おやすみなさい……」

ティアゴが去っていくと、失望のあまり、ダニーの胸はきつく締めつけられた。

ティアゴは体が氷のように冷たくなるまで、シャワーの下に立っていた。そしてごしごしとタオルでふいて、裸のままベッドに倒れこんだ。悪態をつき、荒々しく枕をたたく。寝返りを打ちながら、欲求不満の狼《おおかみ》になったような気分だった。寝ているより、月に向かって吠《ほ》えたほうがいいかもしれない。

今夜は眠れないだろう。今、ティアゴには何一つ確かなことがなかった。ダニーへの愛がさらに深まっていることを除けば。彼はダニーが欲しくてたまらなかった。

ひと晩じゅうティアゴの夢を見ていたダニーは、目覚めたとき、まるで一睡もしなかったかのようだった。夢の中で、彼がスコットランドに戻ってきてどんなにうれしいか打ち明けていた。そして二人はベッドをともにした。この夢は心と体の両方に長く刻みつけられるに違いないと、ダニーは思った。ティアゴは夢の中で、二人が数週間ではなく、一生も離れていたかのようにキスをした。ダニーは彼に愛していると言い、彼も彼女を愛していると言った。

あれが夢だっただなんて！

仕事が待っている。でも、まずは牧場の持ち主に電話をして、今日自分が牧場を離れることはないと請け合わなくては。有力者である新しい隣人に、雇い主が何を言われたにせよ。

ダニーはシャワーを浴び、着替えをして、朝食をとった。バタートーストをくわえ、牧場へ急いだ。それからしばらく、大好きな仕事に没頭した。

だが、その時間は長くは続かなかった。

道に敷かれた玉石の上を進む馬の蹄《ひづめ》の音が聞こえてきた。ティアゴはまだ一緒に遠乗りに行くつもりらしい。彼は、欲しいものは必ず手に入れる。でも、私には仕事がある。

そうは言っても、ティアゴが中庭に馬を乗り入れると、ダニーの心臓は早鐘を打ちだした。

「いい馬ね」彼女は穏やかに言った。

とてつもなく控えめな表現だった。ティアゴが乗っているのはすばらしい雄馬で、巨額の対価を払わなければ手に入らないものだった。そして彼は、それと同じくらい高価に見える葦毛《あしげ》の馬を引いていた。

「おはよう、ダニー。よく眠れたか？」

ダニーと同様、ティアゴもよく眠れなかったらしい。目の下に黒い隈《くま》ができている。

「よく眠れたわ。ありがとう」体の中では渇望の炎が燃えさかっていたが、ダニーはすまして答えた。

日に焼け、無精髭《ひげ》を生やし、黒髪をバンダナに包んだティアゴが、寂しい夜を過ごす女性の万能薬のように見えてくる。

何を考えているの。今朝は彼の遊び相手をする気分になれない。ダニーは腰に手を当て、彼と正面から向き合った。「今朝は仕事をするって言ったでしょう、忘れたの？」

「覚えている」

ティアゴは馬から降り、二頭とも杭《くい》につないだ。肩幅は広く、体は引きしまっていて……だめよ、彼を見ては。ダニーは断固として自分に言い聞かせた。

「雇い主に伝言を残したの。今朝もいつもどおり仕事をしますって」彼女はきびきびと言った。

「知っている」

「知っている？」

ティアゴが向きを変え、ダニーと目を合わせた。おもしろがっているのを隠そうともしない。

ダニーは一瞬きょとんとしたが、すぐにすべてが腑《ふ》に落ちた。「あなたっていう人は！」

ティアゴが肩をすくめた。「そのぞっとしたような顔はやめてくれ。破格の条件を提示したら、君の元雇い主は大喜びで取り引きに応じたよ」

「あなたは目に入るものをすべて買い占めたの？」

「必ずしもそうじゃない。チコとリジーはまだロッティングディーンを所有している」

「あなたとチコでハイランドの半分を買ってしまったってことよね。あきれてものも言えない」

「おほめにあずかって光栄だ」ティアゴが皮肉っぽく応じた。動じるようすもなく平然としている。

「ぜんぜんおもしろくない、ティアゴ。ゆうべ話してくれることもできたのに。代わりに、釣りあげた魚みたいにまた私をもてあそんだってわけね。前と同じことを繰り返されるのは二度とごめんよ」

「とにかく乗ってくれ」ティアゴがなだめた。「遠乗りをしながら話そう。こんなにすばらしい馬の乗り心地を、試してみたくないなんて言わせない」

そのとおりだった。彼はダニーが雌馬を見ていたのに気づいていたのだ。「見透かしたようなことを言わないで」

「僕はこの馬をまだ試している最中でね」彼女の非難など受け流して、ティアゴは言った。「君がどう思うか知りたいんだ。君の意見を尊重しているからね、ダニー。そんなに変かな？　君は世界最高の調教師の研修を受けたんじゃないか」

「私をからかって、そんなふうににやにやするのはやめて。今すぐに」ダニーは不愉快そうに目を細め、ティアゴと視線を合わせた。それがいけなかった。目をそらせなくなってしまったのだ。それでも心の乱れを抑え、馬具の具合を確かめて、馬にまたがった。「ゆうべ全部話してくれればよかったのに」

「初めてのデートで手の内は明かさない」

「初めてのデート？」ゲートの錠を乗馬用の鞭《むち》ではずしながら、ダニーは問いかけた。「あれが？」

「君はゆうべのことをなんと呼ぶ？」

「そんなことを聞いてもしかたないでしょう？」

ティアゴが肩をすくめた。「じゃあ、ただ遠乗りを楽しんで、この道がどこに続くか確かめよう」そう提案すると、ゲートを閉めた。

「そのためには、まず過去を消し去らないと」ダニーは馬を走らせた。しかし、ティアゴが馬を並べて走りだすと、ブラジルで受けた心の痛みがすべてよみがえってきた。「先々、どんなことが起こりそうかも知らせずに、あなたは私を説得して、便宜結婚に同意させた。それをまず忘れないと。ゆうべあなたはあの家ですばらしい夜を私のために演出してくれたけれど、家を所有していることを事前に教えるのはうまく忘れていた。これも白紙に戻したいことの一つよ。あなたはその計略にアニーまで巻きこんで――」

「もういい」ティアゴはダニーとちゃんと視線を合わせられるように鞍《くら》の上で体の位置を変えた。「アニーは喜んでもてなしの手伝いをしてくれた。そして君も、機嫌よく誘いに応じたように見えた。それに、アニーに会えて、君はとてもうれしそうだった。

さらに言えば、思い出せる限り、君は喜んで僕と結婚しただろう」

「ええ、私は喜んでいた」ダニーは同意した。「私はだまされやすい愚か者だった。でも、今は違う。やっと目が覚めたの。私はブラジルであなたに信頼と真心を捧《ささ》げた。あなたが私を理解してくれていると思ったからよ。私が子供を巻きこむようなまねはぜったいにしないってことをね。だけど、そうじゃなかった」

「ダニー！」

「やめて」ダニーは舌を鳴らして合図をすると、馬をフルスピードで駆り、ティアゴから離れていった。

今度はティアゴも待たず、すぐにダニーのあとを追った。二人は紫色のヒースの花が咲く荒野を、轡《くつわ》を並べて全速力で走った。やがてとうとう川岸で手綱を引き、馬をとめた。

「彼女をどう思う？」

ダニーは信じられないという顔でティアゴを見た。

「馬のことだよ」

「わかっている。この馬は最高よ」

「馬は最高だが、僕たちは違うのか？」彼は眉を上げた。

ダニーの顔には心の葛藤がそのまま映し出されていた。「あなたは妻を見つける必要があった。誰でもいいから。そしてたまたま私がそばにいたのよ」

「そのとおりだ。ただ、僕は君に恋をした」

「恋をした、ですって？」ダニーが唇をゆがめた。

「もし私を愛していたなら、本当のことを話してくれたはずよ」

「僕はそのときまで、愛というものを知らなかった。だが、君が教えてくれた。そう、僕は最悪の理由で君と結婚した。ただ幸いにも、牧場を救うことができた。そのことについては謝罪はしない。そして今、君を愛しているかどうかきかれたら、こう答える。僕は君を以前よりもっと深く愛している。そして、君にはけっして嘘《うそ》はつかない――」

「でも、必要なことを話すのは省略するんでしょう」ダニーがさえぎった。

ティアゴは肩をすくめた。「もしゆうべ僕がすべて話していたらどうなった？　君はこう思っただろう。ああ、ティアゴはまたプレイボーイに戻ったのね、と。私をはじめ、目にするものすべてをお金で買えると思っている、と。僕は君にそんなふうに思われたくなかった。君と話をして、君の信頼を勝ち取る機会が欲しかった。何も失うものがなく、すべてを得られるこの大地に、君と一緒に馬を走らせたかった。僕はあの屋敷を、心の中にいる君と一緒に修復した。君の趣味に合わせて、すべてのものを選んだ。君が知らないでいるほうがいいこともあると思ったのは間違いだったかもしれないが、理由があってしたことだ。僕は君に負担をかけずに、ゆうべを特別な夜にしたかった。自分たちにチャンスを与えたかった。僕たちの再会を、僕が金で買えるものにじゃまされたくはなかったんだ」

「たとえば、この馬のこと？」ダニーは頭を下げ、雌馬のなめらかな首に頬をすり寄せた。

「僕はすべてを新しく始めたかった。ゆうべは僕と君だけで過ごし、今日の朝も新しいスタートとして君と一緒に迎えたかった」

二人は今、二頭の馬が川べりで水を飲むのを黙って見つめていた。やがてダニーが沈黙を破った。

「でも、過去を忘れるだけでは新しいスタートは切れないわ」

「なぜ、だめなんだ？」ティアゴは馬にまたがった。

「だって、あなたの計画はすでに達成されているから。サントス牧場はあなたのものになり、あなたはもう妻を必要としていない」

「だが、僕は君を必要としている。それに、僕が新しい計画を立てているとしたら？　君もその計画の一部だとしたら？　僕はこの牧場を立て直すつもりだ。僕がブラジルで成功したやり方で。そして、よければ君に助けてもらいたい」

ダニーが手を上げた。「そんなに急がないで。もしこのまま働かせてくれるのなら、警告しておかなくては。私は一緒に働きやすい人間じゃないし、あなたの意見にことごとく反対するかもしれないわ」

ロクマグレンの古い屋敷が見える丘の上で、二人は馬をとめた。そこからは、壊れた柵が何キロも続いて延びているのが見えた。

ティアゴはダニーのほうを向き、ほほえんだ。

「僕はいつも挑戦するのが好きなんだ。君はそうじゃないのか？」

15

「僕がこの地所を買ったのは、失敗するためじゃない」馬が蹄《ひづめ》の音をたてながら中庭に入ると、ティアゴが言った。

「でも、少しは損失が出るかもしれないわ」ダニーは馬から降りながら言った。

「そうならないといいんだが。気弱になっている余裕はない。それが僕の両親を破滅させ、もう少しでサントス牧場をつぶすところだった。僕の両親は君の両親と似ている。弱くて、簡単に人の言いなりになってしまう。僕はあんなみじめな経験はもう二度とごめんだ。厳しすぎると思うかもしれないが、ちゃんと理由があることをわかってほしい」

「そして、もし私があなたを信じるのがむずかしいと感じたら、それもわかってね」ダニーは言った。

「もちろん」彼が皮肉っぽく請け合った。「ただ幸運なことに、僕が人生で最も興味を持つのは救済することと再建することなんだ」

ダニーは笑った。「ええ、覚えている」

ティアゴが真顔になった。「だが、見落とされがちな大事な部分がある。そこで君の出番だ」

「私の出番？」

「君はブラジルの牧場に温かい雰囲気を持ちこんでくれた。同じことを、ここでもしてほしい」

「正確に言うと、あなたが私に提示している仕事ってなんなの？」

「仕事の中でもいちばんむずかしいことさ――僕の妻という仕事だよ」ティアゴは馬から鞍《くら》をはずしながら言った。「そして、今度は名目だけでも、期間限定でもなく、生涯の妻になってほしい」

「そんなに長く？」ダニーはティアゴのほうを向いた。二人はじっと見つめ合い、それから笑いだした。ある意味で、二人は長く忘れていた友情を取り戻し、互いにからかい合って楽しむ関係に戻っていた。

そして今、ティアゴはハンターらしさも取り戻していた。締まった口元に不敵な笑みが浮かんでいる。

「僕が君を愛しているという事実を受け入れてほしい。君が去ったとき、僕も傷ついたのだとわかってほしいんだ」当時のことを思い出したのか、ティアゴの唇がつらそうに引き結ばれた。「だが、たぶん、あのときの悲しみが警鐘の役割を果たしてくれたのだと思う。君をもう少しで完全に失ってしまいそうだったとき、悲しみがよみがえってきて、僕は気づいたんだ」

「そして今は？」

ティアゴが肩をすくめた。「今はただ、自分がここで時間を浪費しているかどうかを知りたいだけだ。

君の人生は新しい展開を迎えたのか？」

「あなたはどうなの？」

二人とも答えなかった。むしろ、言葉にする必要はなかったと言っていいだろう。二人は厩舎《きゅうしゃ》に行き、馬を休ませるための作業にすぐに取りかかった。

「じゃあ、私はこのまま仕事を続けていいのね？」

ダニーは尋ねた。

「ああ、もちろん」

二人は歩みをとめた。緊張が高まっていく。私が近づいたの、それとも彼が距離をつめたの？　ダニーは目を閉じ、深呼吸をして、革の匂いと、清潔で情熱的な男が放つ刺激的な香りを思う存分吸いこんだ。

「何をするんだ？」彼女が爪先立ちになると、ティアゴが尋ねた。

「あなたにキスするの」

「それは僕の仕事だ」

「ぐずぐずしているんですもの。これから慣れてちょうだい。野蛮人のカップルはお互いに荒々しくふるまうものよ」

ダニーはティアゴにキスをした。

ティアゴは動かなかった。「君はこれからも僕に対してそんなに強引にふるまうのか？」

「ええ、いつも」ダニーは約束した。

「それじゃ、僕たちは刺激たっぷりの生活を送ることになるな、セニョーラ・サントス」

「そうなるでしょうね」

「君がいなくて寂しかったよ、ダニー」ティアゴがダニーをじっと見つめた。

「私も」

「もう喧嘩《けんか》はやめよう」

「ベッドの外ではね？」ダニーはいたずらっぽく言った。

ティアゴが笑った。厳しい寒さの中で、彼の息がダニーの息と混じり合い、白く立ちこめた。「僕はいつも君を愛し、守り、大切にする。君がそうさせてくれる限り。そして、君がしたいことはすべてサポートする」

「そこまでよ」ダニーは手を伸ばし、ティアゴの唇に指を当てた。「私があなたなら、まったく同じことをしているころよ。私たちはコインの表と裏みたいなものだから」

「なんの話をしているんだ、ダニー？」

「二度目のデートで、セックスをしてはだめかしら？」

「なんてことだ《デウス》！　ベッドはどこだ？」ティアゴはダニーを荒々しく壁に押しつけながら、かすれた声で言った。「必要なときに、なぜいつもそばにベッドがないんだ？」

「私にまかせて」ダニーは熱をこめて言った。「どうしてあなたはいつもそんなに厚着なの？」

「冬だからかな？」

「言い訳は聞きたくない」

ダニーはティアゴのシャツを引っぱって脱がせ、熱い肌に触れたとたん、大声を出した。頭を後ろにそらし、彼に体を押しつける。喉の奥から満足げな子猫のような声がもれるのが聞こえた。

「ここではなく――こんなふうにではない」二人とも分別を失っているのを知り、ティアゴはなんとか理性を取り戻そうと躍起になった。「このときを二人とも待っていた。長すぎるくらいに。なのに、馬具置場でセックスをする？　ぜったいにいやだ！」

「わかったわ」ダニーはしぶしぶ折れた。「でも、早くして」

ティアゴはダニーを抱いて大股に中庭を横切り、家に入って階段を上がった。足をとめはしなかった。寝室に入ると足でドアを蹴って閉め、二人はむさぼるように互いの体を求めた。着ていたものがあちこちに舞う。言葉はもういらなかった。生まれたままの姿になったとき、ダニーはすぐに抱きしめてもらおうとしたが、ティアゴに押しとどめられた。

「だめだ」ダニーの目をのぞきこみながら、彼は低い声に熱をこめて言った。「このときが君にとって特別なものになるようにしなければ」

ティアゴはダニーをベッドまで運び、そっと下ろした。それから、たくましい長身をかたわらに横たえ、彼女を腕に抱いた。二人が再び結ばれるこのときを、新しい意味を持つものにするつもりだった。

片手でダニーの両腕を頭の上に固定すると、ティアゴは彼女の体をやさしくじらすように愛撫《あいぶ》しながら、徐々に喜びを高めていった。その間も、視線はそらさなかった。ティアゴを求めて気も狂わんばかりなのに、ダニーはじっとしているしかなかった。こんな気分は初めてだった。愛で満たされながら、束縛からは解き放たれ、このうえなく自由だった。

ティアゴはまったく新しい、たぐいまれな喜びをダニーに与えていた。彼女は初めて人を信じ、与えると同時に受け取ることを知った。

ティアゴにヒップを愛撫され、脚を開くよう促されたとき、ダニーはうめいた。ティアゴはまず自らの興奮の証《あかし》の先で、からかうように彼女に触れた。

そして身を沈めてくると、再び体を引いた。ダニーは不満のあまり、すすり泣きの声をあげた。

「もっと……」

「もっと?」ティアゴが低くかすれた声で尋ねた。

「じらさないで」ダニーは懇願した。「ずっと待っていたの。長すぎるくらい、ずっと」

ティアゴが再び体を沈めてくると、ダニーは安堵《あんど》のあまりあえいだ。

それから、ティアゴがまた身を引いた。

「私を欲求不満でおかしくしたいの?」

「いや、君が僕を信じていることを確かめてるんだ。今度こそ完全に、永遠に信じてくれるかどうかを」

ティアゴはさらに深く体を沈め、そこで動きをとめた。ダニーに喜びをじっくりと味わわせるために。

それからまた動きはじめた。ゆっくりと、確実に、安定したリズムを刻みながら。すぐにダニーはティアゴの名前を叫びはじめていた。

「もう一度」強い歓喜の波にさらわれ、その波が静かに引いていくと、ダニーは息を切らしてせがんだ。

「もっと欲しい。お願い……もっと……もう一度……」

二度目に歓喜の淵《ふち》に沈みながら、ダニーは指をティアゴの体に食いこませた。一度目よりもっと強く。

「もう一度……もっと……もっとだ」ティアゴはダニーにさらに強烈な喜びを与えようとして安定したリズムで動きながら、約束の言葉をつぶやいた。

やがて、ダニーが静かになったとき、彼女の名前を耳元でささやき、愛していると告げた。

二人は一睡もしなかったにもかかわらず、翌朝は疲れも覚えずに遠乗りに出かけた。ティアゴはちらりとダニーを見てほほえんだ。眠りをむさぼって無駄にしたくないほど、人生が貴重なものに思えてくる。昨夜は繰り返し、飽くことなく愛を交わしたけれど、それ以上のこともなし遂げた。二人は互いを新しい目で見て理解し、信じ、自分たちは完璧な人間ではないと認め合い、それでも一緒にいるべきで、別れることなどできないと結論を出したのだった。

馬は二頭とも二人の高揚した気分を感じ取ったらしく、往路はふだんより速いスピードで走り、復路はさらにもっと速く駆けた。そして、一刻も早く燕《えん》麦《ばく》や干し草のところに行きたがり、一方でダニーとティアゴはベッドに戻りたくてしかたがなかった。

二人はいつものように馬を厩舎に戻して休ませ、餌を与える作業を急いですませると家に向かった。

「あの葦毛《あしげ》の雌馬をどう思う？」二人で足早に中庭を横切り、母屋に向かいながら、ティアゴは尋ねた。

「私があなただったら、手元に置くわ」

「本当にそう思うのか？」彼はドアを開け、ダニーを通すため後ろに下がった。

「ええ、本当に。彼女は俊敏で、しかも頭がいい。あれ以上、何を求めるの？」

「なんの話をしているんだ？」ティアゴの声は笑みを含んでいた。「まだ馬の話をしているのか？」

寝室に入ると、ティアゴは彼女を抱きあげ、ベッドカバーの上にそっと下ろした。

「昨日は激しすぎたから、痛みはないか？　今日はもう少し控えようか？」

ダニーはほほえんだ。「どう思う？」そう言いながら、シャツの前をつかんでティアゴを引き寄せた。

彼は自分のシャツをはぎ取り、ベルトのバックルをすばやくはずした。そして、その間ずっと彼女から目をそらさなかった。

「あなたって本当にすてき」彼がジーンズを脱ぐのを見て、ダニーは言った。

「そして、君は厚着のしすぎだ。だめだ、僕にさせてくれ」ティアゴは言い張り、一つ一つ、ゆっくりとブラウスのボタンをはずしてからジーンズを脱がせた。熟練した指先が触れるたび、ダニーに喜びをもたらした。「君に触れたい」彼女と目を合わせたまま、ささやく。「君を喜ばせてあげたい」

「あなたはいつだって私を喜ばせてくれる」

その言葉を聞いて、ティアゴは口元をほころばせた。すでに敏感になっていたダニーは、彼に触れた瞬間、喜びの叫び声をあげた。

「目をそらさないで、僕を見てくれ。そして、僕がそのときが来たら言う――」

「今よ！」我慢できなくなり、ダニーはせがんだ。

「貪欲だな！」彼女を腕に抱きながら、ティアゴは笑った。「昼も夜も、好きなだけ一緒にいよう。僕たちには、失われた時を取り戻すための時間がじゅうぶんある」

長い時間がたったあと、二人は手足をからみ合わせてまどろんでいた。ティアゴが何かつぶやいたが、ダニーにはよく聞こえなかった。

「もう一度言って」彼女はまだ朦朧《もうろう》としていた。

「愛していると言ったんだ、ダニー。命ある限り君と一緒にいたい。だから結婚してくれないか？」

「できないわ」ダニーは眠そうに言った。

「なぜできない？」ティアゴがかすれた声で尋ねた。

「だって私はもう結婚しているもの。夫が気を悪くするわ」

「地元のスコットランド教会で祝福を受けるだけな

ら、彼も賛成してくれるんじゃないか？」

ダニーは身じろぎした。すっかり目が覚めていた。

「冗談でしょう？」

「本気で言っているんだ。ロッティングディーンの教会にみんなを招待して、一緒に結婚を祝福してもらうんだ。君もそうしたいだろう？」

「ええ……もちろん。でも、条件が一つあるの」

「言ってごらん」ティアゴがうなるように言った。

「ハネムーンではずっとベッドで過ごすこと」

「もちろん、できると思う」ティアゴはそう請け合うと、ダニーを腕に抱き寄せた。

エピローグ

ロッティングディーンの小さなチャペルは、ダニーとティアゴの結婚の誓いを祝福する人々でいっぱいだった。ティアゴは大切な友人や知人をブラジルから飛行機で呼び寄せた。リジーの母親さえも顔を出した。式が終わる前に、若い愛人と会うために急いで退席してしまったが。

その母親は別として、ティアゴはダニーの幸福をじゃまするものはすべて排除する決心をしていた。

「君の働きには期待しているからね」彼は〝仕事用〟に買ったシンプルなプラチナの指輪を、ダニーの薬指にはめながら言った。

「気に入ったわ」ダニーはティアゴの目を見て、そこに浮かぶユーモアに共感した。「期待に応えられるようにするつもりよ。寝室の中でも外でも。でも、もしかしたら少し休暇をもらうかもしれない」

「どうして？」

「静かに……」牧師が列席者に向かって話しだしたので、ダニーは彼をさえぎった。

「僕に待ちぼうけを食わせる気か？　なんのことだか説明してくれ」ティアゴがいつもの強引さを発揮して問いつめた。

「ティアゴ、もうすぐあなたを父親にしてあげる。わかった？　だから、静かにしていて」

　ティアゴがこんなに幸せそうだったことはかつてなかった。披露宴会場のホテルに着くと、彼は待ちきれずに近くにいる者をつかまえてそのニュースを触れて回った。

「あなたはとうとうプレイボーイを飼いならしたのね？　私たちの赤ちゃんが同じ月に生まれるなんて、本当にわくわくさせられる」リジーがダニーを抱きしめた。

「久しぶりね、お二人さん！」

「エマなの？」ホテルの客室係の制服を着た陽気な娘を見て、ダニーは驚いた。鮮やかな赤毛はリジーとそっくりだ。リジーの従妹《いとこ》のエマ・フェーンだった。リジーの祖母が生きていたころ、リジーと三人で慈善のティーパーティを手伝ったことがある。

「私を見て、すぐわからなかったのも無理ないわ」エマは再会を喜び、力強くダニーを抱きしめた。

「私が最後にロッティングディーンを訪れたのは、もう十年近く前のことだもの」

　ということは、前に会ったとき、エマはやっと子供時代を終えたくらいの年だったのだ。ダニーは彼女のその後について覚えていることを思い出そうとした。「今は大学に通っていると聞いたけど……」

「ええ。ホテル経営を専攻していたの」エマが答えた。「でも、今は……」

エマがいとおしげに自分のおなかのあたりを撫《な》でた。リジーとダニーはそれを見て心配そうに視線を交わした。私たちよりエマはずっと年下なのに。赤ちゃんを産むにしては少し早すぎないだろうか？

「だから、お金が必要なの」エマはそっけなく認めたあとで、明るい調子で付け加えた。「心配しないで。リジーの紹介で客室係の仕事につくことができたから。とても勉強になるし、ここで楽しく働いているの」エマは続けた。「ダニー、あなたの結婚のお祝いに押しかけてきてごめんなさい。もうすぐ勤務が終わるから、ちょっとのぞいてみたかったの」

「そんなこと、いいのよ」ダニーは言った。「どうぞパーティに参加して。大歓迎よ」

「いいえ、とんでもない」エマは遠慮した。「そんなにずうずうしいことはできないわ」

「どうして？」ダニーは顔をしかめた。「支配人にお願いして、許可をもらうわ」

「ほんとにいいの……？」エマの顔がぱっと明るくなった。

「もちろんよ。どうしていたのか聞かせて。あなたが結婚していたとはぜんぜん知らなくて——」ダニーははっと口をつぐんだ。おしゃべりな舌を切り取ってしまいたくなった。エマの顔を見て、それからリジーが体をこわばらせるのに気づいてわかった。とんでもないことを言ってしまった。「ごめんなさい、よけいなことを言う気はなかったの」

「よくある不注意の結果よ」エマが言った。「大丈夫。私、気を悪くなんてしていない。それどころか最高に幸せなの」

「それは見ていてもわかるわ」ダニーはやさしく言った。「じゃあ、私たち三人は、すばらしい母親の世界へ一緒に旅立つわけね。すてき。ここにはまだいてくれるわよね?」彼女はエマに問いかけた。

エマが答えようとしたとき、パーティにおおぜい来ていたポロの選手の一人を連れて、ティアゴがやってきた。連れの男性は繊細な女性には少し怖いと思わせるような、いかついタイプで、ダニーは彼を見るなり、エマを守ろうとするように彼女の手をきつく握りしめた。エマはまだ大学を出たばかりといった年頃だ。最悪の場合、卒業できなかったのかもしれない。家族が彼女への援助を打ち切ったのかどうかも知らないし、ダニーにはわからないことだらけだった。だがエマは優秀な学生で、キャリアを確立することについても真剣に考えていたはずだ……。

ダニーがそばに来たゲストたちの相手ができるように、エマは目立たないようにそばを離れようとしていたが、その前にささやいた。「そんなに心配しないで。こう見えても、私、たくましいの」

そう、たくましくなくてはやっていけない。ダニーは心の中で言い、さっきのいかついポロ選手が去っていくエマをじっと見つめているのに気づいた。

「ダニー、ルーカス・マルセロスを紹介するよ。ポロの世界では、僕の手に負えない好敵手だ」ティアゴが紹介した。

「ルーカス、お目にかかれてうれしいわ」ダニーは礼儀正しく挨拶した。「スコットランドへようこそ」

そこでルーカスがまだエマのほうに目を向けているのを知り、胸騒ぎを覚えた。するとルーカスは急いでダニーのほうに向き直り、鋭い視線で彼女をじっと見た。

「ティアゴから、美しいとは聞いていたが、彼の言葉はずいぶん控えめだったようだ」

ルーカスの声は低く、発音には外国語のアクセントがあった。なぜかはわからないけれど、ダニーは背筋に冷たい震えが走るのを感じた。ティアゴが向きを変え、二人の間に立ってくれたのがありがたかった。

「おまえは運がいい」ルーカスが言った。「こんな美女を勝ち取るにはどうすればいいんだ？　今度、秘訣《ひけつ》を教えてもらわないといけないな」

「ただ彼女を愛しているだけさ」ティアゴは我がもの顔にダニーの肩を抱いた。「簡単だが複雑なことだ。そして、彼女は僕の暴走を食いとめてくれる」

「おまえはそうされるのが好きなのか？」ルーカスが信じがたいとでも言いたげに尋ねた。

「大好きだ」そんなことを議論するのさえ論外だという口調で、ティアゴが言った。「いつか自分自身で試してみることだ、ルーカス――そうすればわかるだろう」

「すごいわね」ルーカスが立ち去ると、ダニーはようやく緊張を解いた。「私、あふれる男性ホルモンに焼き焦がされそうだった。ものすごい怒りと不満を抱える、男そのものって感じだったわ」

「かわいい人《チカ》、あいつは僕のいい友達だ。そんなに悪いやつじゃないのに、これまでいやというほどひどい目にあってきた。だが、今はルーカスのことを話す気分じゃない。よければ君に気持ちを集中したいんだが」ティアゴはダニーを人目につかない物陰のほうに引っぱっていきながら言った。

「もちろん、いいわよ」

「心から愛している」ダニーと唇を重ね、やさしいキスを繰り返しながら、ティアゴは言った。「そして、僕たちはもうすぐ三人になる」

「ひょっとしたら四人かも」ダニーはからかった。「ところで、ホテルのスイートを予約してくれてあると聞いたけど？　少し休みたい気分だわ」

「不思議だな」ティアゴはつぶやき、ダニーの唇に唇を触れ合わせた。「実は僕もそうなんだ……」

ハーレクイン®

シンデレラの婚前契約
2015年12月5日発行

著　者　スーザン・スティーヴンス
訳　者　遠藤靖子（えんどう　やすこ）

発行人　立山昭彦
発行所　株式会社ハーパーコリンズ・ジャパン
東京都千代田区外神田 3-16-8
電話 03-5295-8091（営業）
0570-008091（読者サービス係）

印刷・製本　大日本印刷株式会社
東京都新宿区市谷加賀町 1-1-1

ISBN978-4-596-13116-4 C0297

ハーレクイン・シリーズ 12月5日刊 発売中

ハーレクイン・ロマンス

愛の激しさを知る

想いは薔薇に秘めて	ケイト・ヒューイット／中村美穂 訳	R-3115
シンデレラの婚前契約	スーザン・スティーヴンス／遠藤靖子 訳	R-3116
愛人以下の花嫁 (7つの愛の罪Ⅱ)	ダニー・コリンズ／水月　遙 訳	R-3117
秘書に哀れみのキスを	キャシー・ウィリアムズ／漆原　麗 訳	R-3118

ハーレクイン・イマージュ

ピュアな思いに満たされる

ボスはクリスマス嫌い	ミシェル・ダグラス／外山恵理 訳	I-2397
無垢な天使の祈り	クリスティン・リマー／長田乃莉子 訳	I-2398

ハーレクイン・ディザイア

この情熱は止められない！

大富豪の三十日間の求婚 (予期せぬウエディング・ベルⅡ)	アンドレア・ローレンス／藤倉詩音 訳	D-1685
海運王への実らぬ想い	マリーン・ラブレース／中野　恵 訳	D-1686

ハーレクイン・セレクト

もっと読みたい"ハーレクイン"

忘れられた花嫁	ミシェル・リード／すなみ　翔 訳	K-363
仮面紳士の誘惑	ジェイン・アン・クレンツ／杉本ユミ 訳	K-364
幸せのジングルベル	スーザン・メイアー／八坂よしみ 訳	K-365

ハーレクイン・ヒストリカル・スペシャル

華やかなりし時代へ誘う

不遜な公爵の降伏	キャロル・モーティマー／高橋美友紀 訳	PHS-124
花嫁は絶体絶命	ルイーズ・アレン／石川園枝 訳	PHS-125

※発売日は地域および流通の都合により変更になる場合があります。

12月11日発売 ハーレクイン・シリーズ12月20日刊

ハーレクイン・ロマンス
愛の激しさを知る

ギリシア富豪は仮面の花婿	シャロン・ケンドリック／山口西夏 訳	R-3119
残酷な祝福	アニー・ウエスト／山本礼緒 訳	R-3120
片恋	アン・ウィール／井上絵里 訳	R-3121
伯爵の愛人契約	ケイトリン・クルーズ／松尾当子 訳	R-3122

ハーレクイン・イマージュ
ピュアな思いに満たされる

シンデレラを探して (ベティ・ニールズ選集6)	ベティ・ニールズ／上木治子 訳	I-2399
大富豪と愛を語る花	レベッカ・ウインターズ／小長光弘美 訳	I-2400

ハーレクイン・ディザイア
この情熱は止められない！

シークに手折られた薔薇	フィオナ・ブランド／氏家真智子 訳	D-1687
駆け引きは億万長者と	ジェニファー・ルイス／秋庭葉瑠 訳	D-1688

ハーレクイン・セレクト
もっと読みたい"ハーレクイン"

キスのレッスン	ペニー・ジョーダン／大沢　晶 訳	K-366
冬の白いバラ	アン・メイザー／長沢由美 訳	K-367
クリスマス狂想曲	サラ・モーガン／翔野祐梨 訳	K-368
愛は負けない	マーガレット・ウェイ／塚田由美子 訳	K-369

文庫サイズ作品のご案内

◆ハーレクイン文庫…………毎月1日発売

◆MIRA文庫………………毎月15日発売

※文庫コーナーでお求めください。

DIANA
PALMER
打ち砕かれた純愛